琉球建国記　尚円伝

矢野　隆

集英社文庫

目次

主要登場人物

金丸(かなまる)――伊是名島(いぜなじま)の島民
尚泰久(しょうたいきゅう)――後の琉球国王
大城(うふぐしく)――武人
耳目(じもく)――尚泰久、金丸の手下

百度踏揚(ももとふみあがり)――尚泰久の娘。真牛の孫娘

加那(かなー)(阿麻和利(あまわり))――勝連按司(かつれんあじ)
真牛(まうし)(護佐丸(ごさまる))――中城(なかぐすく)の主

15世紀
琉球王国
伊平屋島
伊是名島
辺戸
宜名真
奥間
越来城
中城
那覇
首里城
与那原
N
勝連半島
勝連城
屋慶名

琉球建国記
尚円伝

第一章　流転

炎を纏った黒蛇が地を這っている。黒々とした岩山を、幾匹もの炎の蛇が蠢いていた。纏った炎のひとつひとつに目鼻を持ち、その無数の光がたったひとりの男だけを探している。

「殺せっ！　見つけたら容赦はするなっ！　問答無用で切り殺せっ！」

「どこじゃっ！　隠れても無駄じゃっ！　観念して出て来いっ！」

「妻と弟は捕らえたぞっ！　殺されたくなけりゃ、さっさと出て来んかっ！」

毒蛇のほうぼうから上がるすべての怒号が、目的の男にむけて放たれていた。蛇の鱗を担っている者たちの心を支配しているのは、一人の男の死だけである。

死を望まれた男は、ただひたすらに草を掻き分け、炎に背をむけ駆けていた。息を荒らげることなく、静かに、密やかに、だが決して歩まずに駆け続ける。

「死ね死ね死ね……」

怒りに震える唇の隙間からこぼれるのは、毒蛇に対する怨恨の言葉のみ。草を掻き分け、乾いた土を這い、躰じゅうが擦り傷だらけで、どこが痛いのかすらわからぬほどに全身が傷ついている。月明かりもない闇のなかを、炎と気配を避けるようにして駆けているのだ。気が昂っているから、なんとか耐えられているが、本来ならば四肢を放り出してその場に倒れ、のたうち回るほどの激痛であった。

妻と弟が捕らえられたと、蛇は叫んでいる。

嘘だ。

確証はない。だが、そう信じる。信じなければ、もう一歩も動けなかった。

妻が、弟が、この先で待っていてくれる。そう信じているからこそ、男は駆けることができるのだ。

「いたぞっ！」

乱暴な吠え声を耳にして、男は初めて目の前に迫っていた炎に気付いた。炎の明かりに照らされた獣の顔には、男に対する殺意がみなぎっている。血走った目と、笑みにゆがんだ唇の隙間から覗く黄色い牙が、いやらしく輝いていた。

「こっちじゃっ、早うっ！」

叫びながら獣が迫ってくる。

「ひぃっ」

喉が縮んだせいで生まれた己の悲鳴を聞きながら、男は獣に背をむけた。こんなところで捕まってなるものか。その一心で駆ける。

「ひっ、ひっ、ひっ……」

這うようにして逃げる男の口から、甲高い声が息とともに漏れる。

「もう囲まれとる。無駄じゃっ！」

喜色を滲(にじ)ませた声が背後から迫ってくる。

熱い。

獣が持つ松明(たいまつ)の炎だ。

「どこじゃっ！」

「こっちじゃ、こっち！　儂(わし)の前を這いよるぞっ！」

「囲め、囲めっ！　ふはははっ」

「逃げろ逃げろ、逃げても無駄じゃ、ひひひひひっ」

獣たちは楽しんでいる。

「ひっ、ひっ、ひっ、ひっ……」

頭で草を分けながら、必死に土を掻く男の頬を涙が濡(ぬ)らす。泣いているつもりはないのに、次から次へと涙が目から湧いてくる。

「回り込んだぞっ！」

「捕まえるこたぁねぇっ！　頭を叩き割れっ！」

「わかっとるっ！」

　獣の手には刃こぼれだらけの鎌が握られていた。刃がこぼれていようと、全力で振り下ろせば脳天に深々と突き刺さる。

「小汚ぇ貧乏人が、生意気な真似ばかりするからじゃっ！」

　憎しみの言葉とともに獣が鎌を振り下ろした。

　考えていたわけではない。

　とっさに躰が動いた。

「ひぃぃぃっ」

　喉の奥から絞り出されたみずからの声を聞きながら、男は前方に手を突いて前のめりになり、鎌を掻い潜った。勢い込んで転がった頭が、鎌を振り下ろそうとしていた獣の股間を痛打する。悲鳴とともに転がった獣を見る余裕など男にはない。四肢で土を掻きながら、獣たちの包囲から逃れようとする。

「あっちじゃっ！」

「そこにおるっ！」

　掻き分けられた草が、男の居場所を獣たちに教えている。

「じたばたすんなっ！　もう妻と弟は捕らえとるっ！」

「さっさと捕まって死ねっ！」

「見苦しいぞ金丸（かなまる）っ！」

獣が男の名を呼んだ。

金丸。

それが男の名であった。

獣が己の名を呼んだことが、たまらなく汚らわしく思えた。

お前たちと俺は違う。物心ついた時にはそう思っていた。父母のせいである。

こんな島の百姓ではないのだ我が家は……。

夜になると父はそう言って、幼い金丸を胸元に引き寄せた。齢（よわい）二十四、いまになってあの時の父の行いがわかる。

耐えていたのだ父は。

この島の百姓たちの蔑みに。

琉球（りゅうきゅう）を追われ、伊是名島（いぜなじま）へと流れ着くしかなかった父や母が、どれだけ武士の家系だと誇示してみたところで、落魄（らくはく）の身を憐（あわ）れむだけの余裕など、狭い島の民にはなかったのだ。憐れみを施すよりも、武士の家柄でありながら着の身着のまま島に流れ着いた父母の境遇を蔑むことで、楽にならぬみずからの暮らしに対する憤懣（ふんまん）をいくらかでも和らげようとしていたのであろう。

吐き気がする。

自分たちは生まれが違うと嘯いて蔑みに背をむける両親にも、余所者を遠ざける島の者たちにも。

「どこ行った、探せっ！」

獣たちの叫びが、金丸を見失ったことを教えてくれている。今のうちに、約束の地へと歩を進めた。妻と弟が待ってくれていると信じて。

息が乱れていた。渇ききった喉が、かさかさに貼りついて咳き込みそうになる。音を立てれば獣に見つかってしまうから、必死に堪える。田にも水がない。島は水に飢えていた。

もう何日も雨が降っていない。伊是名は乾いていた。田に引く水がなく、米の収穫は見込めない。

「そこじゃっ！」

間近で声が聞こえた。

見つかった。

屈んでいた躰を起こし、胸を張って駆け出す。

「いたぞっ！　殺せ、殺せっ！」

背後から獣たちが追ってくる。

潮の香りが近い。

もうすぐ約束の地だ。

妻と弟が舟を用意して待っている。

「死ね、死ね、死ね……」

涙が滲む目で行く手の闇を見据えながら、金丸の唇から憎しみの言葉がこぼれる。どれだけ願ってみても、力のない金丸には叶（かな）えるべくもない願いであった。金丸は勇なき男ではない。剛力の者であったなら、この場で振り返って徒手のまま男たちと相対したであろう。獣の持つ得物を奪い、その卑劣な言葉を放ち続ける舌を切り取ることだろう。

が……。

悲しいまでに体格に恵まれていなかった。武士の息子であるというのに、どれだけ鍬（くわ）を振り田畑を耕してみても、屈強な肉が金丸の身を包むことはなかった。力で物事を決するような、武張った行いなど望めない体躯（たいく）であった。

そもそも、力で物事を動かそうとする者が理解できない。人を動かすのは理だ。頭があれば足りる。

殺すことができないのなら、逃げるしかない。

金丸には選べる術（すべ）がなかった。

島じゅうの男たちが敵なのだ。金丸憎し。その想いだけで、男たちは結集し、いま炎の大蛇と化している。

「そこじゃっ！　鎌を投げろっ！」

誰かが叫んだ。見知った顔かもしれないが、確かめるために振り返るような余裕はない。

ひゅっ、と風を斬る音が、右耳の側で鳴った。なにかが通り過ぎてゆく風を感じたが、振り返らずに無心で走る。おそらく叫びを受けて、誰かが鎌を投げたのであろう。当たらなかったことを喜ぶしかない。

死なない。

こんなところで己が死ぬわけがない。

「死ね、死ね、死ね……」

無心で足を前に進める。

「ほりゃぁっ！」

気合いの声を眼前に聞いた。突然視界が真っ暗になる。倒れた。誰かが馬乗りになった。

「もう終わりじゃぁっ！」

馬乗りになった男が金丸を見下ろしている。その顔を、迫ってくる松明の群れが照らす。

「お前……」

呆然（ぼうぜん）と金丸は声を上げた。

金丸の家の側を流れる潮平御川（スンジャウカー）のほとりに住まう男が、醜悪なまでに口の端を吊（つ）り上げながら拳を振り上げていた。

「やっと捕まえたぞ水泥棒がっ」

笑みにゆがんだ口からほとばしった男の唾が、金丸の顔を濡らす。

島の者があんたを殺すと言うとるぞ……。

二日前に金丸の家に現れて耳打ちしてくれた同じ口で、男は水泥棒と悪（あ）しざまに罵っている。

「ううっ！」

唸（うな）り声（ごえ）を上げながら身をよじるが、金丸よりもひとまわりほども大きな男の股と足に躰を押さえられて、はねのけることができない。

「な、なんで……」

「許せよ。お前を捕まえにゃ、儂がやられるでな」

口元をゆがめてささやいた男が、周囲の者たちに聞こえるように叫んだ。

「無駄じゃっ！」

吠えた男の拳が金丸の鼻っ柱に吸い込まれる。べちりという鈍い音とともに、鼻がひしゃげたのがわかった。痛くはない。そんな感覚はとっくの昔に擦り切れている。

「どちらにせよ、こんな狭い島じゃ逃げる場所などありはせん。諦めろ」

ささやき、今度は周囲の男たちにむかって吠える。

「観念せいっ！」

二度三度と男の拳が降ってくる。金丸の家よりも貧しい男は、得物をたずさえてくることすらできぬのだ。

余人の目を気にして捕まえようとするのなら、何故皆の企みを耳打ちしたのか……。みずからの行いに一貫した理すら持てぬ愚か者に、金丸は怒りを覚える。

「ほれ、鎌じゃっ、これで喉を掻っ切れっ！」

集まってきた松明の群れから、男にむかって刃物が差し出される。身をひるがえしてそれを受け取る男の股が、刹那軽くなった。

「糞がぁっ！」

悲鳴じみた咆哮とともに、金丸はあらんかぎりの力で男の躰をはねのける。こいつにだけは殺されたくはなかった。

「こいつ逃げるつもりじゃっ！」

「逃がすなよっ！」

「刺せっ、刺せっ！」

「早う殺れっ！」

殺意の声が四方から襲い掛かる。

「逃げるな金丸っ！」

仲間から与えられた鎌を手にして、男が金丸に追い縋る。

「死ねぇぇぇっ！」

鎌を振り上げ男が吠えた。

「ひっ！」

情けないほどひ弱な声を口から漏らしながら、金丸は頭を両手でかばうようにして男の足元にしゃがみ込んだ。

「なっ……」

鎌を振り上げた男を、四方から襲い掛かってきた刃が貫く。誤って同朋を殺してしまったことに、獣たちが動揺して固まる。そして、金丸を刹那見失った。

しゃがみ込んだ姿勢のまま、金丸は男たちの股の隙間を潜り抜けるようにして、輪から抜け出した。

「ざまぁみろ」

卑怯者の死に様を脳裏に思い浮かべ、つい口から想いがこぼれ出る。

我を見失っていた獣たちが、獲物の逃走に気付いて振り返った。その時にはすでに、金丸は松明の炎から逃れるようにして駆け出している。

「待てっ、待たんかっ！」

「死ね、死ね、死ね……」

怨嗟をまき散らしながら、金丸は駆けた。炎の明かりがぐんぐんと離れてゆき、眼前の闇から波の音が聞こえてくる。

じきに約束の場所だ。

「盗人がっ！」

背後の声が金丸の背を射る。

お門違いもはなはだしい。

盗人と罵られる謂れはない。

水を盗んだ。

それが島の者たちの言い分であった。

田に引く水を、である。

たしかに金丸の田には水があった。しかしそれには、訳があった。金丸の田は皆の物より高所にあり、側に湧水があったのである。そのうえ、日頃から水の手には十分配慮をし、田に導くための努力も惜しまなかった。もしも、金丸に罪があるとすれば、湧水があることを皆に報せなかったということだけ。

島の者たちは、水を保つために土を耕し続ける金丸を馬鹿にしていたではないか。日照りが続けば、水がなくなることは少し考えればわかるはずだ。それなのに、誰も水がなくなるかもしれぬと疑うこともなく、みずからの田に水を引くために鍬を持つことはなかった。皆が怠けている間、金丸は額に汗して鍬を振るったのだ。わずかな水でも田に流れ込むように、精進を怠らなかった。たったそれだけのことなのだ。

結果、金丸の田にだけ水が残った。

水泥棒。

誰かが言った。その言葉が島に伝播し、金丸を追い詰めていった。

殺す。

誰かが言った。

今に始まったことではないのだ。かねてから金丸は島の者に疎まれていたのである。水のことなど、良い口実であったに過ぎないのだ。

「兄様」

闇のなかでもなお濃い漆黒のうねりのなかから、聞き馴染んだ宣威の声が聞こえた。海に突き出た岸壁を抜け、金丸は声のしたほうへと足を進める。ごつごつとした珊瑚の死骸の山を粗末な草鞋で踏みしだき、己を呼ぶ声を頼りに闇へとむかう。

後方から炎が迫ってくる。己を憎む声が、ほうぼうから聞こえていた。

「ここです、もう少し」

次は女の声が、金丸を導く。

生きていた。

やはり島の者たちは嘘を吐(つ)いていたのだ。こちらの機先を制するために肉親を先に捕らえるなどという迅速な動きなど、奴(やつ)らにできるはずもない。

いつまでも背後の憎しみに囚(とら)われている暇はなかった。闇のむこうにあるはずの舟にむかって、金丸は一心不乱に岩場を踏み越えてゆく。

白い顔がふたつ、闇のなかに浮かんでいた。金丸は岩を蹴るようにして、舟に飛び乗る。

「兄様」

「旦那様」

待ちかねたという想いが二人を金丸へと吸い寄せる。

「どけ」

足元に縋りつくか弱いふたつの躰を蹴るようにして退(ど)けると、小さな舟に転がっていた櫂(かい)を手に取った。か弱い妻や、九つの弟に任せるわけにはいかない。手にした櫂で、暗い水面(みなも)を突いた。

「おとなしくしていろ、よいな」

鬼気迫る金丸の声に、生白い顔が同時にうなずいた。それを確かめてから、両手で握った櫂で海を掻く。

「海じゃっ！　海に逃げおったっ！」

岸壁を炎が照らす。次々と松明が岩場の縁に広がってゆく。

「舟じゃっ！　舟を出せっ！」

「港じゃっ、間に合わんっ！」

二日前に命を狙われていることを知った時から支度をしていたのだ。港から離れた岸壁の陰、小さな舟が一艘だけ隠せる場所に目をつけて、妻と弟に舟を用意させていたのである。

金丸は一人で家に残った。島の者たちの気を引くためである。妻と幼い弟と三人で逃げ回ることなど不可能だ。かならず二人が足手まといになる。獣たちの目当ては金丸なのだ。金丸が家に戻れば、妻や弟から気が逸れる。あとは、金丸が獣たちの手から逃れて舟に辿り着けばよい。夜の闇のなか、広大な海で小舟を探し出すことなど、舟を操ることに長けた海人であろうと無理な話だ。

「どこへ」

妻が問う。

わからない。

この島に生まれた。この島以外に縁者はいない。どこへ行こうと、味方など一人もいないのだ。

それでも闇に漕ぎ出す。

なんのために。

ただ生きるため……。

「本土だ」

わからぬまま、つい口からこぼれ出た。真意があったわけではない。伊是名を離れて行く場所といえば、本土以外に考えられなかっただけだ。

節くれだった櫂で必死に闇を搔く。揺れる水面が平たい板状の木の棒で押され、ぐいぐいと舟を進める。背後からは依然として怒号が聞こえ続けていた。もしかしたら追及のための舟が出されているのかもしれない。

もう二度と振り返らない。金丸は心に決めていた。二度と伊是名に戻ることはない。

「兄様」

「なんだ」

闇を搔きながら背後の声に応える。

「俺たちはどこに行くのかね」

「辿り着いたとこだ」

「それはどこかね」

童の純真な問いが、容赦なく金丸の背を叩く。

「知らん」

「でも……」

「うるさい、黙れ。どこに着いたとしても、着いただけ運が良い」

乱暴に答え、闇を掻く。

「死なぬ。それだけだ」

背後の炎から逃れるためには、ただひたすらに闇に漕ぎ出すしかなかった。こんなところで死んでたまるか。そう己に言い聞かせていなければ、金丸はもう一度たりとも櫂を掻く気になれなかった。

「見つかるから黙っていろ」

二人の声を聞きたくなかった。逃げることしかできないこんな男を頼るしかない哀れな二人のか弱い声が、たまらなく鬱陶しかった。

逃れたい……。

なにもかもから。

背後の妻や弟からも。

死ね、死ね、死ね……。

二人に聞かれるわけにもゆかぬから、心中で何度もつぶやく。

すべてに怒りが込み上げる。

なにもかもなくなってしまえ。

逃れなければならぬみずからの無力が、狂おしいほどに腹立たしい。

「ふふ」

自嘲の笑いが口からこぼれる。無力な己が情けなくなる。

殺されぬため。

生きるため。

金丸は櫂を繰る。

行く手の闇が、王という輝かしい未来に続いているとも知らずに。

*

夜が白々と明け始める頃、舟は浜に辿り着いた。どこに着いたのかすらわからぬまま、金丸たちは浜の岩陰に身を潜めて、三人して目を閉じた。見張りを考えるような余裕などない。星もない闇のなか、沖の荒波に翻弄される小舟の上で夜を越したのだ。皆、精も根も尽き果てていた。

潮のいたずらで、伊是名に帰り着いていたとしたら、などという懸念すら金丸には思いつかなかった。岩陰に身を潜めた途端、躰が鉛のように重くなり、瞼が閉じるのを堪えられなかった。妻と弟も、金丸に寄り添うようにして眠りについた。そうして三人して、眠りを貪ったのである。

「おい」

太腿に尖った痛みを感じ、金丸は不意に我に返った。跳ねるようにして身を起こして、今聞いた声のほうに目をむける。とっさに跳ね起きたものだから、岩の天井に頭をぶつけるぎりぎりのところだった。もう少し金丸の背が大きかったら、珊瑚の死骸でできた無数の棘で頭を切り裂かれていたことだろう。

いきなり飛び起きた金丸を、男が見下ろしていた。芭蕉布の薄茶の衣をまとった大柄の男が、陽を背にして立っている。陽光を背に受けているから、男の顔は判然としない。金丸たちが潜んでいる穴倉のような岩場の出口を塞ぐようにして三人を見下ろしていた。男は棒を手にしている。どうやらその棒で、金丸の太腿を突いたらしい。

金丸の異変に気付き、妻と弟がゆっくりと顔を上げた。そして、出口に立つ男に気付いて、妻は衣の胸元に手を当てて、金丸に寄り添い、弟は兄の背後に回り込んだ。

「見らん顔じゃな」

影で顔を覆った男が言った。その口調には、敵意は感じられない。素直な想いを口にしたという印象を受ける。

「ここは、どこですか」

なによりも知りたいことを、金丸は問うた。この男には悪意がないと見越したうえでの問いである。

「宜名真じゃ」

「宜名真……」

鸚鵡返しにつぶやいた金丸に、男がうなずきで応えた。

宜名真という名は知っている。それが事実であれば、どうやら金丸たちは願い通り本島に辿り着いたらしい。本島の北部、突端間近の土地の名が宜名真であった。

「舟が流れ着いておったが、あれはお前たちの物か」

男が顎で岩場の外を指す。うなずきで答える。

「どこから来た」

「伊是名です」

「あの舟で、三人きりでか」

無言のまま顎を上下させる。

この男には邪気がない。ただ思うままに、男は心に浮かんだ問いを発している。ならば、素直に答えたほうがよい。

「ふぅん」

小さな声を吐きながら、男がしゃがみ込んだ。そして、岩場のなかを覗き込むように、少しだけ身を乗り出した。妻と弟が身を固くするのが、二人の肌を通してわかったが、金丸は努めて平静を装いながら、男と対峙した。

「俺は奥間で鍛冶屋をしとる。そんなに怪しまんでもよい。ん、鍛冶屋だから怪しむなというのは、理屈になっておらぬな」

男が笑った。

奥間は宜名真よりも南に下ったところにあるはずである。

「鎌、鍬の修繕がないかこのあたりを回っておってな。昼も過ぎて浜で休もうと思うておったところで、お前たちが乗ってきた舟を見つけてな。持ち主を探しておったらお前たちを見つけたのよ」

「私たちをどうするつもりです」

「いつからここに」

問いを無視する鍛冶屋に苛立ちを覚えつつも、金丸は相手の疑問に答える。

「朝方。それからここで休んでいました」

「夜通し舟を漕いでたのか」

またも、うなずく。金丸の正直な答えに、奥間の鍛冶屋と名乗った男が息を呑む。無理もない。金丸自身、みずからの境遇に似た者たちを前にすれば、後ろ暗い物を想像して疑うに違いない。もし三人が咎人ならば、下手な関わり方をすれば、みずからに害が及ぶことにもなる。関わり合いにならずに済ませるのが無難な身の処し方であろうと、金丸自身も思う。

「逃げてきた……のか」

わずかに真剣な声音に変じた男の問いに金丸は何度目かのうなずきで応えた。

後ろ暗いことなど、金丸はなにひとつしていない。もしも、島民たちが水泥棒と糾弾したとしても、金丸には言い分がある。島という閉ざされた場で殺されるくらいなら、公の場で争ったほうが何倍もましだ。どこぞの按司の裁決に身をゆだねられるのならば、そのほうがよい。按司の目の前で、島民たちの理不尽を舌が動く限り述べてやる。

「なんで」

「殺されかけました。島の男たちに」

「なんで」

「水を盗んだと」

「盗んだのか」

「言いがかりです。島の者たちは、私を殺せれば、どんな理由でもよかったのです」

「嫌われておったのか」

「はい」

「どうして」

「わかりません。ただ……」

「ただ、なんじゃ」

「元は本土の武士でした。それが気に入らなかったのでしょう」

それしか考えられない。

「それだけかのぉ」

しゃがみ込んで聞き入っていた鍛冶屋がつぶやく。金丸は男の態度が気になって、首を傾げた。

「今会った貴方に、私のなにがわかるというのです」

「俺も商いをしとる。だから、少し話せば、そいつがどんな奴か、見当がつく」

決めつけるような男の言葉が、癪に障る。少し話せば相手の見当がつくなど、思い上がりもはなはだしい。

「お前はどうやら頭が人より回るようだ。だから、人が見えておらん」

「そんなことは……」

「問われたことによどみなく返す。そしてその言葉に迷いがない。しっかりと自分を持っとる。お前は頭が良い」

抗弁しようとした金丸を止めて、鍛冶屋は語る。

「そういう者は、自分より頭の回らん者の間違いを正すことに迷いがない」

間違いを正すことのなにが悪いのか。

「間違いを正されたほうの怒りや恥ずかしさに気付かん。お前は正しいことをしたと思っているだろうが、正されたほうにとっては辱められたとしか思えん。それが武士の家に生まれたと日頃から鼻にかけておる者の言葉だとすれば、なおさらよ」

「どうして、いま会った貴方にそこまで言われなくてはならぬのです」

「殺されかけたんだろ」

「だからなんだと……」

「まぁいい」

金丸の言葉を断ち切って、鍛冶屋が立ち上がった。これ以上、哀れな流れ者と問答を続けていても仕方がないと見切ったのだろう。

「付いてこい」

「え」

考えてもみなかった言葉が鍛冶屋の口から漏れたことに、金丸は不覚にも驚きの声を上げてしまった。

「このあたりに頼りはないんだろう。だから、こんなところで寝てたんだろ。だったら、付いてこい。三人が住まうだけの小屋が建てられる場所に連れて行ってやる」

「どうして」

「なんでだろうな」

金丸を見下ろしながら奥間の鍛冶屋は笑った。

「お前を助けろと言ってたんだよ」

男が人差し指で天を指す。

「だから助ける」

鍛冶屋の言葉に迷いはなかった。


奥間の鍛冶屋は、宜名真のアシムイの御嶽(うたき)と呼ばれる山の麓に金丸たちを案内した。木々に囲まれたその地には、清らかな湧水が湧き出していた。

「水はある。小屋を建てる道具が欲しければ、俺のところに来れば貸してやる。あとは三人でなんとかしろ」

鍛冶屋はそう言って、金丸をみずからの鍛冶場まで連れてゆき、鋸(のこぎり)や槌(つち)など小屋を建てるために必要であろう道具を貸してくれた。

琉球では鉄を作ることは難しい。実用に足るだけの技術がいまだない。そのため、倭(わ)

国や大陸から到来する商船から鍋釜や農具などの鉄器を買い入れて、溶かして加工する。脱炭して鋼を作ることなどもできた。奥間の鍛冶屋のような者たちは、こうして加工された農具などの修繕や手入れをして生計を立てているという。

琉球において、鉄器はなによりも貴重であった。三つに分かれていた本土をひとつにまとめあげ、統一王朝を築いた尚巴志王も、まだ地方の長である按司であった時代に、倭国から買い付けた鉄器を農具に加工して、民に分け与えて人心を掌握したという。

伊是名島で代々生きて来た者とは違うと日頃から嘯いていた父は、農事にはまったく役に立たぬような読み書きや、この国の仕組みなどを夜になると教えてくれた。みずからの境遇に対する恨みを幼い金丸にぶつけるように、それは父が死ぬまで続いた。

会って日も経たぬ者に鉄器を貸し与えるなど、普通なら考えられない。しかし奥間の鍛冶屋は、恩着せがましいことを言いもせずに、金丸の手に鋸と槌を握らせて妻と弟の待つ宜名真の森に帰らせた。

「幸い俺は鍛冶屋だ。切れなくなったら持ってこい」

返礼として送るような物はなにひとつ持っていなかった。金丸はただ礼だけを述べて、鍛冶屋の元を後にした。

妻と弟の手を借りて、小屋はすぐに建った。大工のような腕はない。三人とも見よう見真似の急場拵えである。野ざらしよりはましという程度の粗末な小屋だ。

「壊れたらまた建て直せばいい」

そう言って額をぬぐった金丸に、妻と弟は嬉しそうにうなずいた。十日ほど前に殺されそうになっていたことを思えば、宜名真での日々は二人にとって久方ぶりの平穏だったのであろう。

しかし金丸は二人のように笑ってはいられなかった。

食わせなければならない。

島を出る時に妻と弟の手で舟に運ばせていたわずかばかりの米は尽きようとしていた。いくら湧水があるからといっても、水だけで生きるのには限度がある。

鍛冶屋がいざなってくれた地は、人目を避けるために集落から離れていた。伊是名で殺されそうになったという金丸の言葉を受けて、鍛冶屋が気を配ってくれたのであろう。

とにかく食い物を得なければ……。

鋸と槌を返しがてら、金丸は鍛冶屋を訪ねた。

「働くしかないだろ」

あっけらかんと鍛冶屋は言った。

「俺のところもこのとおり、餓鬼食わせるだけで精一杯でな。お前たちを食わせるような余裕はない」

食わせてもらおうと思ってなどいなかった。これ以上、借りを作るつもりはない。

「働くとしても、どこでどうすればよいのかわかりませぬ」

地縁がない。だから、鍛冶屋に知恵を借りに来たのだ。

「お前たちが住んでるところから、北にむかうと辺戸(へど)というところがある。そこに集落と田畑があるから、そこに行って聞くのが一番だ」

「辺戸」

「畑仕事、稲刈り、大工の手伝い。なんでもするしかないだろ」

黙したままうなずく。

武士の生まれを鼻にかけるつもりはない。島では武士であったことなど、なんの価値もなかった。土に塗(まみ)れ、汗水垂らして一日中働いて、なんとか妻と弟を養う暮らしだったのだ。できないことなど、なにひとつない。

「世話になってばかりです」

「気にすんな。困った時はお互い様よ。いつか俺がお前の手を借りる時もある。そん時に嫌な顔せずに助けてくれればそれでいい」

「かならず」

「頑張れよ」

笑いながら肩を叩いた鍛冶屋の分厚い掌(てのひら)のぬくもりが、金丸の心にかすかな情の火を灯(とも)した。

働いた。

宜名真の小屋から北上した辺戸の集落に出向き、人手を求める者がいれば金丸は進んで助けた。作物を植える前の畑の鍬入れ、水路の開削、田植えに稲刈り、屋根の茅葺き（かやぶき）の手伝い、足腰の立たない老人をおぶってその足代わりになるなど、やれることはなんでもやった。

そのうち、辺戸の集落のあいだで、金丸のことが噂（うわさ）になった。宜名真のほうからやってくる男は、よく働く。報酬をねだるわけでもなく、もらう物に不満も言わない。そして、夕方になると報酬を手にして宜名真に帰ってゆく。

金丸という名と宜名真に住んでいるということ以外、集落の人々にはなにも語らなかった。

二年という月日があっという間に流れた。

宜名真の小屋も、暇な時に少しずつ手入れをし、地面から底上げして床を張り、それなりの家となっている。小部屋も作り、作物や銭など、辺戸でもらった報酬を蓄えることもできるようになった。夏の終わりの大風の際に屋根が飛ばされ、屋内の大半の物を濡らしはしたが、島から逃げてきた時のことを思うと、どうということはない。一夜明けて荒れ果てた家を見て、また建て直せばよいと二人に言うと、なぜか妻と弟は朗らかに笑った。

少しずつ、人らしい暮らしが送れるようになっていた。

「今日は俺が獲ってきた魚だぞ兄様」

「宣威がか」

「はい」

褐色の土器に載った黒焦げの魚を兄に自慢しながら、弟の宣威が笑う。十一歳。島を出てきた時は丸っこくて幼かった顔が、わずかばかり伸びて精悍な面差しになっていた。金丸が辺戸に働きに出ている間は、妻とともに家の周囲に作った田畑を耕したり、海で魚を獲ったりして暮らしている。

「今日は宣威が三匹も大きいのを獲ってきてくれたんですよ」

飯を山盛りにした器を金丸の元に置き、妻が笑いながら眼前に座した。妻と向きあうように弟が座る。金丸を上座に置いてのいつもの夕餉であった。飯と魚に畑で採れた芋、金丸だけに辺戸の老人からもらった濁り酒を満たした酒器が用意されている。

「今日はめでたいことでもあったのか」

酒に視線を送りながら妻に問う。

子供……。

そんな言葉が不意に脳裏を過った。

「別にいいじゃありませんか。宣威がおいしそうな魚を獲ってきたから、お酒がおいしいだろうと思って。それに、いつも旦那様は私たちのために頑張ってくださっていますから、明日からもよろしくお願いしますという私たちからのお礼です」

金丸の予測を裏切り笑った妻が、酒器を手に取った。金丸は素焼きの盃を手にして酌を受ける。この酒は日中暇を持て余している老人の話を聞いてやった際に礼としてもらったものだ。妻と弟の礼が、どうしてこの酒なのか理解に困るのだが、そんな無粋なことは口にはしない。

弟が五歳になる頃、父と母が相次いで死んだ。流行りの病だった。金丸と宣威も倒れたが、幸い二人だけはこうして現世に留まることができた。

金丸が働かなければ、二人の暮らしは立ち行かない。五歳の弟の面倒を見るような余裕はなかった。

だから妻をもらった。

いや、もらったなどという容易いことではなかった。島の者たちに蔑みの目で見られていた金丸の妻となってくれるような女を探すことは、生中なことではなかった。

島の娘たちは金丸に関心を抱いていたらしい。気をかけられたことも、優しくされたことも一度や二度ではない。山ひとつへだてた集落に住む美女と評判の娘と情を交わしていたこともある。いまにして思えば、金丸が娘たちの関心を得ていることも、男たちの殺意の一端であったのだろう。

島の娘たちは金丸を好ましいと思いはすれど、家に嫁ごうとまでは思わなかったらしい。そんななか、金丸と同じ貧農の生まれであった妻は、夫婦になることを了承してくれた。そして、金丸と弟とともに島を捨ててくれた。

己には勿体(もったい)ない妻だと思っている。が、愛情があるかといえば、答えに迷う。弟のためにもらった嫁であるのは否めない。

人を心底から好きになったことがない。そういう感情自体がわからない。妻だけではない。情を交わした島の娘のすべてにおいて、金丸は惚(ほ)れたという実感を抱いてはいなかった。

「さぁ、旦那様」

空になった盃に妻が酒を注ぐ。

「旨(うま)いか兄様」

魚にはまだ手を付けていない。弟に急(せ)かされるようにして、盃を膳に置いて黒く焦げた魚の皮に箸を突き入れる。白く乾いた身をほぐして口に運ぶと、かすかにまぶされた塩のおかげで甘みが増した味わいが口中に広がってゆく。

「旨い」

「よしっ」

拳を握りながら弟が妻にむかって笑う。それを見て、妻も嬉しそうにうなずいている。こうして見ていると、弟と妻は親子のようだ。金丸よりも長い時を二人きりで過ごしている。島にいる頃も、宜名真に流れ着いてからも、仕事で金丸が家を空けている間も、二人はこの家で顔を突き合わせて暮らしているのだ。母子のごとき関係を築くには十分過ぎる時であろうと思う。

二年。

長かったのか。それとも短かったのか。金丸にはよくわからない。二人を食わせることに必死だったのは、島での暮らしと変わらない。が、他に想いはなかったというと嘘になる。二年前、男たちに殺されそうになりながら島を這いずりまわっていたことを思い出すと、身もだえするほどの怒りを今でもありありと思い出すことができる。いや、思い出すのではない。いまも二年前同様の怒りが金丸の全身を震わせる。

許さない……。

機が巡ってくれれば、かならず報いを受けさせる。そう思うことで、金丸は今を生きていられるのだ。

「旦那様」

思惟に埋没していた夫を心配した妻が、顔を覗き込むようにしながら声を投げてくる。

「ん」

言葉短く答え、金丸は場を取り繕うように膳の上の器を手にして一気に酒をあおった。

「兄様はいつもそうやって、いきなりぼんやりする。なんか考え始めると俺や姉様のことが見えんようになるんじゃ。のぉ姉様」

「うん」

妻が瞳を金丸にむける。夫婦になって五年、いまだ子宝に恵まれない。妻は弟をみずからの子だと心に定めているのだろうか。我が子を身ごもる気配がないことを、決して金丸に語りはしなかった。そんな妻に、強いて子供のことを語ることもしなかった。二人の間にはまだ子がいない。ただそれだけのことだった。それを金丸は寂しいとも思っていない。

「やっと……」

目を伏せながら妻がつぶやく。

「やっとこうして笑ってご飯を食べられるようになりましたね」

「うん」

妻の声に弟がしんみりとうなずく。二人とも、死ぬような目にあった。生まれた島を、憎まれて逃げ出す。それは、二人にとってどれほどのことであったのか。金丸には本当のところは理解できない。島の男たちに対しての狂おしい怒りは微塵も衰えていない。だが、妻や弟たちが金丸同様の怒りを感じているとは思えなかった。怖かったのだろう。

文字通り、死にそうなほどに。

「すまなかった」

頭を垂れる。

金丸がもっと島民と上手くやればよかったのだろう。どれだけ蔑みの視線を浴びようと、朗らかに笑ってへりくだり、島民たちの機嫌をうかがい、彼らの自尊心を満たすように気を配って生きていきさえすれば、妻と弟は路頭に迷うことはなかったのだ。

しかしたとえ殺されたとしても、そんな真似はできなかった。

己に非がないことで謝ることも、可笑しくないのに笑うことも、金丸にはどうしてもできなかった。妻や弟のためと心に念じやり過ごすには、島の暮らしは冷酷過ぎた。

胸を張って言える。

金丸はなにひとつとして間違ったことはしていない。間違っているとしたら、島の男たちのほうだ。娘たちに好かれる金丸をやっかみ、日頃から水が涸れることを懸念して努力していた真面目さを僻み、愚かな怒りをもって金丸を殺そうとした。そんな卑劣な奴らに対してへりくだることも、許すつもりもない。

だから島を出ることになったことを悔いてもいなかった。

だが妻や弟は別である。

なんの謂れもなく、夫や兄が嫌われているせいで島を追われてしまった。二人にとっては、島の男たちの殺意は理不尽極まりない。金丸のせいで二人は殺されそうになったのだ。金丸がいなければ、二人は島を追われることもなかった。

「なんで兄様が謝るんだよ。なんか謝るようなことしたのか」

「いや……」

「止めてくれよ兄様」

言って弟がからからと笑う。そんな息子同然の義理の弟とともに、妻もまた笑う。

このままここで……。

心中で言葉を紡ごうとし、胸をちくりと棘が刺す。

許さない。許さない。許さない……。

伊是名の男どもへの怒りが邪魔して、妻と弟の笑顔を素直に受け入れることができない。そんな己に嘘を吐くように、二人が喜びそうな言葉を口にした。

「ゆくゆくは、もっと田畑を広くし、この地に屋敷を建てよう」

「はいっ！」

嬉しそうに弟が言った。妻は優しく笑っていた。

金丸の心は。

凪いでいた。

「逃げろとは、どういうことですか」

家族だけのささやかな宴(うたげ)の次の日の夕刻、人目を忍ぶようにして現れた奥間の鍛冶屋に、金丸は不信を隠さぬ口調で問うた。

「だから、そのままの意味だ。逃げろ。お前だけでもな」

意味がわからなかった。挨拶もそこそこに金丸を小屋の外に呼び出した鍛冶屋は、理由も語らずにいきなり逃げろと切り出したのだ。

まったく思い当たる節がない。

「今日、研ぎ直した鎌を届けに辺戸に行ってきた。そうしたら、みんながお前の話をしていた」

「だから逃げろというのですか。みなが私の話をしていたから逃げろというのなら、どこにも居つけませぬ」

「そういうところだ」

眉根を寄せて鍛冶屋が吐き捨てた。飄然(ひょうぜん)として常に肩の力が抜けている鍛冶屋が、ぎこちなく金丸をにらんだ。

胸の奥がざわざわと騒ぐのを感じながら、金丸は平静を装い、壮年の鍛冶屋の褐色に染まった顔を見つめる。

「お前が島で水を盗んだことが皆に知れておった」

「それは言いがかりだと、貴方にも語って聞かせたではないですか」

すでにこの地に来て二年、鍛冶屋には島での暮らしの粗方を聞かせている。

「それだけではない、お前は大層、島の娘たちに惚れられておったようではないか。その娘たちを次から次に手籠めにしておったと、皆は言うておった。どうやら伊是名から来た者がお前のことを誰かから聞いて、言うたらしい」

島で手に入らぬ物を作物や魚で交換するために、伊是名から本土へと渡る者はさほど珍しくはない。そのうちの一人が辺戸で、金丸のことを聞くこともあるだろう。

「誤解です」

きっぱりと言い切って真正面から鍛冶屋の疑いの光を帯びる瞳を見据える。

「たしかに娘たちは私に優しくしてくれました。だが、次から次に手籠めにしたなど、言いがかりもはなはだしい。島の男たちが嫉妬して、そのようなことを言うておるのです」

「お前は気付いておらんかったようだな」

「なにが」

「辺戸の女たちは、お前の男ぶりを語り合うておるのだぞ」

「私には妻がいます」

「そんなことは知ったことか」

まったく気付かなかった。

「お前のなににも動じない態度や涼しい物言いがいいのだそうだ。だから男たちはお前が来たら気が気でないのよ」

言葉を失った金丸を見て、鍛冶屋が右の眉尻を思い切り吊り上げた。

「お前は辺戸の男どもから嫌われておるぞ」

「どうして女たちのせいで……」

「それだけじゃない」

金丸の言を断ち切って鍛冶屋がこれみよがしにため息を吐く。

「お前は本当になんにも気付いておらんのだな。畑仕事をさせても、大工の真似事をしても、お前は皆がこれまでやってきたやり方を変えてしまう」

「それは……」

「皆には皆のやり方がある」

皆が面倒なやり方をしているからだ。種を運ぶことひとつ取っても、一日に何度も必要になるたびに家から運んでくる。その日必要な分を種類ごとに分けて、あらかじめ家から持ってくれれば、それだけ仕事ははかどるのに。一から十までその調子である。金丸は回りくどいことが大嫌いだ。面倒なのだ。どれだけ手間を少なくして仕事を終えるかしか考えていない。

「誰に相談するでもなく、お前は自分の思うたように仕事をする。一日がかりでやるはずだった仕事を半日で終えてしまう」

いったいそれのなにが悪いのか。

「半日で終えても礼は礼だ。皆は一日分の礼をお前にやらねばならん」

「別にそんなこと私は一度も求めたことはありません」

「礼は礼だ。お前がどう思うかではない。相手の気持ちだ」

たしなめられている内容がまったく理解できない。

「話だってそうだ。お前は皆の話を聞いて知ったような口振りで偉そうに説教するそうではないか」

「別に私は……」

「そんな女とは早く別れたほうがいいだとか、そんな小屋は壊してしまえだとか、鉈で芋を切るように、簡単に言い切ってしまうそうだな」

「見え透いた答えを口に……」

「そんなことは誰も求めていない。余所者はただ笑って、皆の愚痴を聞いてやればよいのだ」

真面目に働き、皆の悩みを聞いて解決策を口にした。

それで皆に嫌われたというのか。

「お前が宜名真に来て何年になる」

「二年です」

「そんだけ居付いておきながら、お前は辺戸の者たちの心がまったくわからんかったようだな」

　悪いのは己ではない。辺戸の者たちのほうではないか。余所者という目で金丸を見ているのだ。余所者がなにをやっても気に入らない。結局、伊是名島の者たちと心根は同じなのだ。

　吐き気がする。

「お前がここに溜め込んでおる物も、盗んだ物ではないかと村の者たちは疑うておる」

「馬鹿なっ！　そんなことするわけがないじゃないですか……」

　呆れ果てて何も言えない。

　毎日、辺戸に出向き、困っている者に手を貸して、ささやかな礼を得た。それを無駄に使うことなく、二年もの間少しずつ溜めてきたのだ。

　二人を食わすため……。

　それだけを心に念じ、金丸は下げたくもない頭を下げ続けたのだ。

「伊是名で水を盗み、女たちを手籠めにしたお前が、辺戸でも同じことをしているのではないか。皆、そう思っておるのだ」

「だからといって、逃げろなどと……。何故……。何故私ばかりが……。こんな目に」

「お前を懲らしめようと皆で語り合うておるのだ。俺がお前と通じとることを知っておる馴染みの客が、密かに教えてくれたのだ。その客も、お前の男振りに惚れた人妻だ。お前のどこがそんなにいいのかのぉ」

引き締まっていた頬を緩め、鍛冶屋が口角を上げた。金丸は笑う気にはなれなかった。

「顔は十人並み、背丈は小さいほうではないか。肉付きも悪い」

顎に手をやりながら、鍛冶屋が金丸を品定めするようにつぶやいた。金丸自身、鍛冶屋が言う通りだと思う。男としての屈強さとは無縁で、荒事よりも頭を使うことを好んでいる。島や辺戸のような田舎の女が求める男であるとは、金丸自身思えない。

「多分、お前のその涼しげな目と物言いなのだろうな」

わからない。

「男どもはお前のその口調で、日頃見て見ぬふりしておる自分たちの愚かさを指摘されるのがたまらぬのだ。そのあたりは俺にもわかる気がする。お前に見据えられていると、心の奥底まで覗かれておるような気がするのよ。どんな言い訳をしても、全部見抜かれておるようでな」

「そんなつもりはありません」

答えながら……。

身に覚えはあった。いや、身に覚えなどという優しいものではない。

金丸には、余人がすべて愚か者に見える時がある。それは今に始まったことではない。物心ついた時から、それこそ幼子の頃に両親と相対している最中にも、ぼんやりとそう思っていた。その頃はまだ、愚かという言葉を知りもしなかったのだが、漠然と両親の会話の遅さを知覚していた。

余人の会話はとにかく遅い。金丸にとっては遅くてたまらないのである。

会話の答えは見えているのに、そのまわりをぐるぐる回っていたり、本質を見極められずに、不毛な議論を繰り返す。しかも言葉を口にしながら考えているのか、口調自体が遅いことも珍しくはない。とにかく余人の会話はまどろっこしくてたまらないのだ。

だから時折、決着を急ぐような物言いをしてしまう。本質や答えをずばりと言い切ってしまう。すると、それまで堂々巡りをしていた者たちが、驚いたような顔をして金丸を見るのだ。その時の呆けた顔がまた、たまらなく愚かしく見える。

見抜かれているという鍛冶屋の言葉は、そんな金丸の思考を言っているのかもしれない。だとしたら、たしかに身に覚えはある。

「お前は皆を馬鹿にしているのではないか」

見透かされている……。

思えば鍛冶屋は初めて会った時から、金丸がどういう男かを見抜いていた。

「貴方ははじめからわかっていたのですね」

「逃げろ金丸。残してゆく二人のことは俺に任せろ。お前だけ逃げるんだ。さすがに辺戸の者らも二人に危害を加えることはないはずだ。家族に罪をかぶせるほどの確信は奴らにはないんだからな」

「どこに逃げればよいのですか」

「とにかくまずは俺の家の近くに来い。ちょうどいい隠れ場所がある」

「わかりました。なにからなにまで、すみません」

これ以上、己の立場を主張してもどうなるものでもないと、金丸は悟った。伊是名と同じだ。自分たちの愚かさから目を背けるために、金丸を槍玉（やりだま）に上げようとしている者たちには、なにを話しても無駄なのだ。言いがかりだという説得など、聞く耳を持たない。そうなれば、選べる道はただひとつ。

逃げる。

その一手しかない。

「どうか……二人のことを頼みます」

「別れは告げないでいいのか」

「付いてくると言われても困りますから」

「わかった」

別れを告げることはない。そんなことをすれば、妻と弟は訳を問うだろう。涙を流し自分たちも行くと言い出すだろう。

重荷でしかない。

鍛冶屋が面倒を見てくれると請け合ってくれた。ならば、それでよいではないか。伊是名の時とは違う。足手まといとともに当て所のない旅をするのはもううんざりだった。

「かならず迎えに来ると二人には言っておいてください」

住処が定まれば……。

「わかった。さぁ、ならば行こう」

「はい」

息を潜め、背後の小屋に気取られぬよう、金丸は鍛冶屋とともに宜名真を後にした。

金丸は鍛冶屋の家の側に用意された隠れ家で幾月かを過ごし、ここも後にした。鍛冶屋に別れを告げ、旅に出る。

南へ。

目的の地はある。

だが、そこでなにをすればいいのか。

茫漠（ぼうばく）たる闇だけが、心を覆っている。

復讐（ふくしゅう）という一語だけを胸に、金丸はとにかく南へと足をむけた。

第二章　王弟

首里(しゅり)。

それが金丸の目的の地であった。

首里には王がいる。この国を統べる男がいるのだ。琉球の片隅の島で生まれた金丸にとって王などという存在は、実在すら疑われる物語のなかの生き物でしかなかった。実際に見たことがないし、実在を証明するような話を耳にしたこともない。

ただ……。

父が詳しかった。己は島の人間ではないと言ってはばからない父は、男が身を立てるには学がなければならぬと言って、幼い金丸に字や、この国の仕組みについて教えてくれた。農事にはなんら役に立たない事柄を夜になると懸命に教えてくれる父の鬼気迫る顔を、いまも覚えている。このまま農夫として一生を終えなければならぬことを半ば受け入れていた父が、淡い希望を息子に注ぎ込むように、みずからの知る一切を幼い金丸に叩き込んだのだ。だから、父の死後も、金丸は島へと流れて来る琉球の情勢について、耳を傾けることを怠らなかった。

琉球の各地を治める按司たちの頂点に立ち、王として君臨し、首里の地に築かれた王城に住んでいる。それでもその程度のことしか、金丸にはわからない。

この国が、ひとつになったのは十一年ほど前のことらしい。それまでは北山（ほくざん）、中山（ちゅうざん）、南山（なんざん）と、本島を三つに割って、それぞれの国が按司を束ねて争っていたのだという。中山の王であった尚巴志が、はじめ北山を攻め滅ぼし、十一年前に南山を滅ぼしたことで、この国は尚家のもとでひとつに統一された。

いまの王はその尚巴志の子、尚忠（しょうちゅう）である。昨年、六十八歳で死んだ琉球統一の英雄、尚巴志の跡を継ぎ、尚家王朝三代の王となった尚忠は五十歳。すでに老境に差し掛かろうとしている王ではあったが、尚巴志には五人の男児がおり、尚忠はその次男。本人にもすでに嫡男が存在しているため、その王統は盤石である。

首里はこの国の中心であった。

各地の按司たちによって納められる作物だけではなく、那覇（なは）や運天（うんてん）、勝連（かつれん）などの港からもたらされる外つ国（とつくに）の品々も、すべて首里に集められる。

この国の王も富も、首里にあるのだ。

無一物となった金丸が勝負する場所は、首里以外になかった。何者になれるかなど知る由もない。とにかく、もはや金丸の生きる道は、首里にしか残されていなかったのだ。

もう……。

愚か者どもに埋もれて暮らすのはうんざりだった。

宜名真を出て、汀間から越来と流れ流れ、金丸はなんとか首里城に潜り込んだ。

十数頭にものぼる馬に藁を与え、ひたすらに馬糞を掻き集める。ただ、それだけで一日が終わる。鼻を覆いたくなるような臭気のなかで、金丸は馬糞に塗れて暮らしていた。それでも、それまでよりは幾何かは満足している。もちろん、何年も馬の世話などしているつもりはない。伊是名島を離れて三年。とにかく城での働き口にありつけただけでも、ひとまずはよしとせねばなるまいと思っている。

日々の住処は内間にあった。

内間の地で知り合った嘉手苅大屋なる老人の世話になっている。彼に与えられた小屋から日が昇らぬうちに城の門を潜り、暗くなるまで働いて、小屋に戻ってくる。馬の世話という仕事も、嘉手苅大屋の伝手によって得たものだった。

何故か年嵩の男に好まれる。奥間の鍛冶屋に嘉手苅大屋。人に疎まれ島を追われはしたが、人の縁に繋ぎ止められ、金丸はいま琉球のど真ん中で働いている。

運が良いのかもしれない……。

そう思わぬこともない。

「手が止まっとるぞ」

馬の足元から篦で糞を掻き集めながら、同輩の男が言った。すでに五年ほど、この暮らしを続けているという。

田勇と名乗る三十がらみの男が、金丸をにらむ。

詫びを言うでもなく、金丸も篦を褐色の小山に突き入れる。生温かい糞の山が割れ、なかから湯気があふれ出し、尖った臭気が金丸の鼻を刺す。不思議なもので、三日も仕事を続けていると、糞の匂いにも慣れてくる。

目の前の一頭の周囲を清めても、まだ十頭以上の馬が清掃を待っている。それだけの頭数を抱えていながら、清掃を行う下人は八人程度。それが二人一組で一日おきに清掃と餌の世話をする。

「畜生……」

田勇が糞をにらみながら、つぶやく。何に対しての怒りなのかわからぬが、三十がらみの同輩はいつもこうして憎しみに満ちた言葉を吐きながら、糞や藁をにらみつけていた。汗と糞と藁で躰じゅうをべとべとにしながら、男は己の境遇を恨んでいるのだろうか。それとも、下人へと身を落とす前にみずからに起こった災難を憎んででもいるのだろうか。

　知ったことではない。

　己は己、他者は他者だ。

　もちろん金丸もこんなところで終わるつもりはさらさらない。が、それは己の胸中に仕舞っておく想いであって、軽々しく口にするものではない。

「糞が」

　馬の糞にむかって、田勇が毒づく。

「その通りですね」

　つぶやいてから、後悔した。

「あん」

　糞に篦を突き入れたまま、田勇が金丸をにらんだ。

「いや……」

「なにか言ったか」

　喧嘩腰で田勇が金丸の顔を覗き込む。

「なんでもありません」

「その通りだと言うただろ」

　たしかに言った。

糞をにらみつけて「糞が」とつぶやいたのは田勇のほうである。糞に糞だと言ったのだから、その通りだと相槌を打っただけだ。

「ん……」

糞に突き入れていた鉋を引き抜いた田勇が、金丸の草鞋履きの足先を鉋の先端で押す。生温かい糞が足の指を覆う。

「なにがその通りなんだ、あん」

田勇は、自分が独り言を口にしていることに気付いていないのだろうか。

知らない。

余人の裡を覗き込むような真似などしたくはなかった。

「すみません」

素直に謝った。いや、一刻も早く、この面倒事から立ち去りたかっただけだ。

「なにがだ」

執拗に田勇が問うてくる。胸中にある得体の知れない蟠りを、金丸にぶつけたいだけなのだ。苛立ちをぶつけることができるなら、誰でもいいのである。現にこの男は、他の組の者としょっちゅう諍いを起こす。物言いが癪に障るだとか、仕事が気に入らないだとか、難癖をつけては喧嘩に引きずりこもうとするのだ。

「文句があるなら、はっきり言え」

いい加減うんざりしてきた。

「糞がって言うから……」

「なんだ」

「貴方が糞をにらみながら、糞がって言うから、その通りですねと答えただけですよ」

「俺が、そんなこと言ったのか」

やはり、気付いていなかったらしい。

「言いました」

「糞に、糞がって言うたのか」

「はい」

「ぶはははは」

いきなり田勇が大声で笑いだした。依然として金丸の足先に笣を置いたままだ。

「俺がそんなこと言うわけないだろが」

「言いました」

面倒であろうと、一度言ったことを曲げるつもりはない。たしかに田勇は糞がと言ったのだ。嘘は吐いていない。

「いつも貴方は仕事をしながらぶつぶつとなにかを言っています。今日はたまたま、糞に糞と言いましたが、毎日苛々しながらなにか文句を言ってます」

「うるせぇか」

「別に気にはなりませんよ」

人がなにを言おうと興味がない。勝手に言っていればよいではないか。

「そうか……。糞に糞がって……。ぶふっ」

つぶやいた田勇がふたたび吹き出す。

箆（の）が退いた。

「面白いなお前（め）ぇは」

働き始めてひと月あまり、この男の笑顔を初めて見た。

「仕事が終わったらなにをしている」

「内間にある家に帰ります」

「今日は付き合え」

田勇が金丸の背中を叩いて、大声で笑う。

なにがそんなに可笑しかったのだろうか。訳がわからない。糞に糞がと言ったのは田勇なのである。面白いのは、この男自身ではないか。

鼻歌など歌いながら糞を掻く田勇の豹変（ひょうへん）ぶりに気味悪さを覚えながらも、金丸は目の前の仕事に集中した。

その日、田勇は首里城下にあるみずからの家に金丸を案内した。家と言うのがはばかられるほどの、荒れ果てた小屋である。周囲にも同じような柱と藁だけで作られた小屋が並び、人々が田勇と大差ない暮らしをしている。

「座れ」

土の床に筵（むしろ）を布（し）いただけの室内で、田勇がいち早く奥に座して、入口付近に座るよう金丸にうながす。指し示された湿り気を帯びた筵の上に腰を下ろすと、木の器が目の前に突き出される。掌に載るほどの小さな椀（わん）であった。

「とっておきだ」

言いながら田勇が、小屋の隅に置いてあった壺（つぼ）を抱えて、その口を金丸のほうへと突き出してくる。酒であると即座に悟った金丸は、焼き物の壺のほうへ椀を差し出した。藁壁の隙間や扉のない入口から漏れてくる月明かりが、椀に満たされた物を白く浮き上がらせていた。甘ったるく饐（す）えた匂いがするそれを、田勇がみずからの椀にも注ぐ。

「一昨日（おととい）、久米村（くめむら）で男を殴って盗んだ物だ」

久米村は那覇近郊にある村である。大陸から様々な技術者を呼び、集住させたのが久米村である。故に、琉球のなかでもひときわ栄えた場所であった。

田勇はなんら悪びれもせず、その久米村で強盗を働いたと嘯く。

「今日は飲むぞ」

言いながら椀を掲げる田勇につられ、金丸も椀を掲げる。田勇が椀に口を付けるから、仕方なく金丸も縁を口元まで持ってゆく。おそらく満足に洗ってなどいないのだろう。酒の匂いに混じって、椀自体が放つ生臭さを感じる。だからといって、このまま飲まずにいるわけにもいかない。小屋に付いてきたことを悔いながら、金丸は覚悟を決めて酒を口中に運んだ。酒自体は久米村で奪った物だけに、しっかりとした酒気のなかに甘い芳香を感じる良い物だった。どうせならば、奇麗な盃で飲みたかったと思う。

「どうだ」

「美味しいです。酒は……」

「そうだろ、ふふふ」

素直な感想を口にすると、三十がらみの同輩は金丸が込めた皮肉の意になど気付きもせず、子供のように笑った。

田勇は童同然の心根の持ち主なのかもしれない。人目を気にせずに不満を口にしたり、誰彼構わず喧嘩を吹っ掛けたり、一度気に入ったと思ったら、態度を豹変させて上機嫌になったりと、裏がない。まるで子供である。

「俺は、今じゃあこんな暮らししてるけど、本当は中城の真牛様に仕える武士だったんだぞ」

三杯目を飲み終えた田勇が胸をせり出して威張る。芝居っ気たっぷりなそのしぐさが、男をますます子供っぽく見せる。

武士とは武芸に長じた者のことだ。田勇もなにかの武芸を修めていたのだろうか。興味が湧いたが、問うほどのことでもない。金丸は黙ったまま、まだ一杯目が残っている椀を見下ろしている。

「ちょっとした言い争いで那覇の者を斬り殺してしもうた。そん時は博打(ばくち)の借金もあってな、行状の悪さを咎められて、真牛様の怒りを買って城から追い出された」

真牛は、尚巴志と並ぶ琉球統一の英雄である。尚巴志王の右腕として、北山の王城であった今帰仁(なきじん)城(ぐすく)を攻め落とし北山を滅亡に追い込んだ。それが、真牛最大の武功であった。いまは、勝連半島を治める勝連按司に対する備えとして、前年新たに築かれた中城の主(あるじ)となっている。

「城を追われたことがわかると、妻と子供は俺を置いて里に帰りやがった。仕方なく、俺は首里に流れ着いて、こんな暮らしをしているってわけだ」

だからどうしたというのか。

この男の今の境遇は、みずからの行状の悪さに起因している。いうなれば、自分のせいだ。首里に流れ着くまで、中城で真牛に仕えていたことなど、なんの自慢にもならない。

金丸は違う。

みずからの行状の悪さで、伊是名島の男たちに厭われたわけではない。勤勉さを憎まれたのだ。妻や子に捨てられてもいない。金丸が妻と弟の身を案じて奥間の鍛冶屋に託したのだ。

「俺はこんなところで終わる男じゃないんだぞ」

田勇のことを憐れみも、羨みもしない。みずから招いた結果を素直に受け入れることなく、空威張りに威張ってみせる。なんという愚かしいふるまいであろうか。金丸は返す言葉が見つからない。

「飲んでるか」

機嫌良さそうに田勇が、酒壺を金丸に向ける。まだ一度も空にしていない椀を、無理矢理に空にして酒壺へと差し出す。望んでもいない酒を満たされた椀を両手で包みながら、胡坐のなかに収める。

すでに田勇は数えきれないほどに杯を重ねていた。金丸を見る目が半ばまで瞼で覆われている。

早く寝てしまえ。

そうすれば、こんな戯言を聞かずに済む。思いながらも金丸は、口元に微笑をたたえて哀れな男の強がりを聞き流す。

「俺が役人になったら、お前ぇを引き上げてやる」

確信があるような口ぶりであった。金丸は不審を言葉にして問う。

「伝手があるんですか」

「いや……」

答えた田勇が酒を飲む。鼻から下を椀で覆った田勇の両の瞳が、月明かりに照らされてぎらついている。その怪しく光る瞳が、金丸を凝視していた。

空になった椀を静かに膝元に置き、田勇が声を潜める。

「お前ぇ、このまま下人で終わるつもりか」

そんなつもりは毛頭ない。できれば明日にでも役人として登城したい。

「わかりませんよ、先のことは」

こんな男に、本心を曝け出すつもりはない。

したたかに酔った男が、金丸のほうに大きく身を乗り出した。

「毎日毎日馬の糞を掻き、餌をやる。あれはいったい誰の馬だ。王や役人どものためだろう。奴らは馬が餌を食い糞をすることなんか考えもしない。ただ乗るだけだ。俺たちが毎日糞に塗れていることも知らずにな」

それが。

世の中ではないか。

支配する者がいて、支配される者がいる。その仕組みのなかで金丸たちは生きているのだ。田勇のようにどれだけ支配する者を恨んだところで、みずからの境遇が変わるわけではない。王や高級役人たちが、金丸たち下人のことを思うわけがない。いや、田勇のような下人がそう決めつけていること自体が、支配される者が支配する者の心根を理解できぬという証ではないか。


「俺は馬の世話をするために生まれてきたわけじゃない。乗るぞ、馬に」

勝手にすればいいじゃないですか……。

喉元までせりあがってきた言葉を、舌に乗せるまえに酒と一緒になんとか飲み下した。むせそうになる強烈な酒気に耐えながら、金丸は涙が滲む目を田勇にむけて問う。

「貴方に何ができるというのですか」

別段、なにも問う必要などなかったのだが、ほのかな酔いが、金丸の口を少しだけ軽くさせた。

「馬に乗るためには、それなりの出世が必要です。伝手もない下人が辿り着ける境遇ではありませんよ」

「やっぱり……」

田勇が椀を傾ける。

「お前ぇは面白いな」

田勇は嬉々として語る。なにを気に入られているのか、金丸にはさっぱりわからない。

ただ、目の前の男が金丸のことを好ましく思っていることだけはわかる。

「おい」

小屋の外から声がした。すると、田勇が人差し指を突き立てて、静かにするように金丸にうながす。そして、中腰になりながら筵を歩き、外に出る。

外から聞こえてきたのは、壮年の男の声だった。妙に陰にこもった、気味の悪い声だった。

息を押し殺して、外の気配をうかがう。どうやら、田勇たちは小屋から離れてしまったようで、かすかな声すら聞こえない。

金丸も腰を上げ、息を潜めながら出口の方へとむかう。そして闇に紛れるようにして、小屋の外を覗く。

いた。

あばら家とあばら家の隙間にできた闇に潜むように、小柄な男が田勇と相対している。二人はなにやら密かに語らい合っているようだった。しかし、出口から顔だけを出している金丸には、なにを話しているのかまったく聞こえない。

城内で田勇が金丸以外の者と親しくしている姿は見たことがなかった。友人と呼べる存在もいないはずだ。だからといって、田勇が城の外に友人がいないという理由にはならない。だが、友人が語り合うには、あまりにも奇妙な光景だった。田勇の小屋に招き入ればよいのだ。金丸がいたとしても、友人であれば紹介すればよいだけのこと。わざわざ外で語る必要はない。

闇に潜む男が拒んだ。

そう考えてみる。

それなりの身分のある者であったら、こんな小汚い小屋に上がりたいとは思わないだろう。

不意に金丸は小屋へと潜り込む。

男たちが会話を終えたのだ。

一瞬だけ、闇に潜む男の姿が月明かりに浮かび上がったのを、金丸は見逃さなかった。麻の衣には皺(しわ)ひとつない。奇麗に整えられた髪は側面で巻かれ、片頭(かたかしら)と呼ばれる形に結い上げられている。

金丸の予想通り、下人ではなかった。それなりの立場にある者である。

下人ではない男が人目を避けるように去ってゆく。それを見送りもせずに、田勇が小屋へと戻って来た。金丸は元居た場所に座り、椀を手にして同輩の帰りを待つ。

「見ていたか」

金丸の横を過ぎて、みずからの椀が置かれたところに腰を落ち着けた田勇が唐突に問うて来た。

「見ました」

「そうか」

「何者なんですか。あの人は」

「お前ぇが知る必要はない。ただ……」

「ただ、何ですか」

「すべてが上手くいったら、俺はかならずお前ぇを引き上げてやる」

問答を拒むように田勇は笑った。金丸が小屋を辞すまで、田勇はそれ以上のことを語りはしなかった。


変事が起こったのは、それから五日後のことであった。

「やってねぇっ！　俺はやってねぇって言ってんだろっ！」

突如現れた兵士たちに引き摺られるようにして厩舎を去っていく際に、田勇が放った叫び声が、城からの帰路も金丸の耳から離れなかった。

心当たりはある。

田勇が兵士たちに連れ去られる前日、城内では大事件が起こっていた。

尚巴志王の第五子であり、今の王の弟にあたる尚泰久の従者が刺されて死んだ。

みずからの領地である越来から、兄王への面会のために首里城へと入ろうとした時のことである。壮麗な隊列の中央、みずから馬を駆り城を目指す尚泰久めがけて、数名の暴漢が襲い掛かった。従者たちの懸命な抵抗が功を奏し、王弟は傷を負うことなく無事に城へと辿り着くことができた。しかし、この襲撃によって従者が数名死んだ。暴漢はその場で斬り殺された。

ただ一人を残して……。

暴漢の生き残りは逃走して、行方不明となっている。

厩舎から連れ去られた翌日、田勇は城外の刑場で首を刎ねられた。

罪状は尚泰久暗殺未遂の下手人であった。暴漢の生き残りとして田勇は斬られたのである。審理などなかったかのような、性急な処断であった。

田勇が捕らえられた日には、すでに新しい下人が金丸の相棒として糞掃除にあてがわれ、今日も二人で糞を掻いていた。

越来の民。

田勇のことはそう説明された。越来での尚泰久の執政に不満を持った者による襲撃であると、役人たちは城下の者たちに説明した。

違う。

金丸は知っている。

田勇は中城の武士だった。博打の借財が原因で那覇の者を殺し、城を追われて妻子に捨てられ、首里に流れ着いて馬の世話をする下人になったのである。田勇の口から越来という語を聞いたことは一度もない。

大きな闇が、城のなかに蠢いている。田勇はその大きな闇に飲み込まれてしまったのではないか。

触らぬ神に祟り（たた）なし……。

倭国の諺（ことわざ）にもある。

多一事不如少一事。

大陸の諺もそう律している。

やはり、ここは目を背け、なにもなかったかのように過ごすのが得策であろうと金丸は思う。田勇との縁など、些末（さまつ）な物ではないか。田勇の無念を晴らしてやろうなどということは、ただの一度も考えたことはなかった。

しかし……。

田勇が言う通り。一生、馬の糞と戯れているつもりはない。こんなことをするために、金丸は首里に来たわけではないのだ。

己を虐げた者たちへの復讐を果たす。そのためには、この城で出世して権力を手にしなければならない。出世の契機として、今回の騒動を利用できないかという想いが、身の危険を憂う心を焚（た）きつける。

金丸には心当たりがあった。

あの男だ。

田勇と闇に紛れて会っていた男は間違いなく、下人ではなかった。役人だ。あの男が田勇の家に現れて六日の間に、尚泰久は暗殺されそうになり、田勇は囚われ殺された。あの男が、今回の一件に関わっている可能性は高い。

あまりにも性急な田勇の処刑はいったいなにを意味するのか。おそらく、今回の陰謀を闇に葬りたい者が、この処断に関わっている。もしあの男が今回の一件に関与しているとすれば、田勇を殺したのはあの男の仲間で間違いない。暗殺者たちと自分たちの関連を断つために、十分な調べすら行わず、越来の民の不満などという嘘を並べたてて、田勇を殺したのだ。

そう考えるならば、陰謀の根幹にある者は城に住まう誰か。尚泰久という存在を厭う者ということになる。

王位継承者……。

順当に考えるとそうなる。

金丸は糞を掻きながら身震いする。

王位を狙う争いが、今回の事件の根底に横たわっているとすれば、一介の下人が関わってよい話ではない。

現王は尚巴志の次男、尚忠王である。

尚忠王には三人の弟がいた。三男の金福、四男の布里、そして五男の泰久だ。そのうえ、尚忠王には思達、三男の金福には志魯という息子がおり、彼らも王位継承権を有している。

五男である尚泰久が王になれる可能性は低い。

ならば何故、そんな尚泰久を狙う必要があったのか。

そう考えると、越来の民の不満という王家の説明のほうが、理にかなっているようにも思う。現に、民は王家の説明に納得しており、陰謀などという疑問を抱いている者はいないように思える。

とにかく、あの男だ。

あの男が誰に飼われているかがわかれば、今回の陰謀の中枢に切り込むことができる。

そして、その情報を売るのだ。

尚泰久に。

暗殺未遂の被害者である尚泰久に、己が誰に狙われているのかを知らせる。そうして王弟に恩を売ることで、この下人暮らしからの脱却を試みるのだ。

殺されるか、這い上がるか。

ふたつにひとつだ。

そして……。

僥倖というものはあるらしい。

「手を止めろっ！」

そう言って厩舎に入ってきた男が、手を止めた金丸の眼前に立った。その顔を間近で見た瞬間、金丸はみずからの運の強さに驚いた。

田勇と会っていた男が、目の前に立っているのである。そして、金丸のことを疑いのまなざしで見つめているのだ。

「田勇という男と働いていたのはお前か？」

数名の役人を引きつれた切れ長の目をした男が、金丸に問う。その姿は紛れもなく、闇夜で見たそれと瓜二つであった。

「はい」

「あの男が殺されたことは知っているな」

「はい。大罪を犯して処刑されたと聞きました」

「なにか話しておったか」

「いいえ」

金丸は淡々と答える。

「今回のことだけではない。あの男はここでなにを話していた」

「私はここであの男と働いていましたが、一度として互いのことを語り合ったことなどありません。田勇という名も、今回の一件があって知ったくらいです」

「お前はどういう経緯でここに来た」

「内間の嘉手苅大屋の紹介です。いまも内間から通っています。ですが、私は伊是名島の生まれです」

ごまかすことなどない。妙になにかを隠そうとすると、心根が卑しくなってあらぬ疑いをかけられてしまう。金丸は、己の素性を明かし、男を探ろうとするみずからの猜疑を素直な告白で覆い隠そうとした。

「伊是名島から来たのか」

「田畑の諍いから島の者たちに追われて、島を逃れ、宜名真から内間まで流れてきました。食うにも困っている私に、嘉手苅大屋がこの仕事を斡旋してくれました」

「そうか」

男が細い目をいっそう細めて、金丸を品定めするように足のつま先から頭の天辺まで舐めるように眺める。その陰険なまなざしと、陰にこもった気味の悪い声が、金丸の脳裏の記憶をくすぐる。

間違いない。

あの男だ。

「御役人様はどのような役を……」

「お前のような奴が知る必要はない」

「申し訳ありません」

逸（はや）る気持ちをたしなめた。焦ってぼろを出してはならぬと、気を引き締める。殺された下人を利用したかもしれない男が、城内にいる。それがわかっただけでも収穫ではないか。

「奴がどんな大罪を犯したのか知っているか」

「これだけ騒がれているのですから、知らぬほうがどうかしています」

「問われたことだけ答えろ」

「尚泰久様を暗殺しようとした罪です」

「尚泰久様がどのようなお方かは知ってるか」

「先王、尚巴志王の第五子で、越来の領主であらせられます」

「詳しいな」

下人のくせに。という一語が潜んでいる。

「この国に住まう者ならば、知っておくべきことかと存じます」

「お主……」

男が尖った己の顎に手をやる。

「気持ちのよい語り口だな。下人にしておくには惜しい物言いだ」

「恐れ入ります」

　頭を下げた。

「褒めておるのではない。下人ならば下人らしくしろと言うておる」

「それはあまりにも無礼な……」

「無礼とは目上の者が目下の者に使う言葉ぞ」

　垂れていた頭を上げて抗弁しようとした金丸の頭に上から力がかかる。男が頭をつかんで押しているのだ。

「糞の掃除に知恵など無用。そのような小癪な喋り方をしておると城におれぬようにしてやるぞ」

「申し訳ありませ……」

　そこまで言って、金丸は男の掌から逃れるように、機敏な動きで足元にひれ伏した。

「どうか、どうかお許しくださいませ。私は本当になにも知りませんでした。あの男が尚泰久様を襲うなど……。考えてもみませんでした」

　ひれ伏す金丸の頭を男の足が踏みつける。糞の山に額がめり込む。

「本当だな」

「はい」

「嘘を吐くと城を追い出されるくらいでは済まんぞ」

なにを言っている。

仕掛けたのはお前ではないのか。下人の出世欲をもてあそび、凶行に走らせ、その証拠を隠滅するために城内を這いずりまわっているのだろう。

欲の闇に塗れた塵虫（ごみむし）め……。

「本当に……。本当に知りません。生意気なことを申してしまい、申し訳ありませんでした。命だけは……。どうか命だけはお助けを」

哀れなほど卑屈に謝ってみせる。すると、弱者を踏みにじる愉悦に震えるように、男の足が右に左にゆっくりと動いた。

「本当です信じてください。あいつは誰とも親しく話しませんでした。もちろん私とも。一人でなにかぶつぶつ言いながら、毎日働いておりました。皆、あいつはおかしな奴だと言って噂しておりました。本当です。本当です。本当です……」

これみよがしに震えてやる。疑っているのか、それとも自尊心を満たすためだけの行いなのか、男の心情はつかめない。が、もはやここまで状況が切迫してしまえば、なりふりなど構っていられなかった。伸（の）るか反るか。後はこの男の心持ち次第である。

「そこまでしてここで働きたいか」

金丸の頭を馬糞に押し込みながら、男が声を喜悦に震わせる。

「やっと……。やっと頂戴した仕事なんです。この年でまた放り出されては、死んでしまいます」

「ならば糞と戯れておれ。城で生きるためによいことを教えておいてやる。俺のような役人に会ったら頭を下げて何も言うな。問われた時は問われたことだけを答えろ。生意気な口は叩くな。わかったか」

「ありがとうございます。ありがとうございます」

「俺がいなくなるまで、頭を下げておれ」

足が退く。糞に押さえつけられる力から解放された。しかし金丸は、男に言われた通り、気配が厩舎から消えるまで頭を下げ続けた。


夕暮れの陽光に照らされる役人どものなかに、忘れぬ顔を見つけた金丸は、城の石垣脇の木立の影のなかからのそりと姿を現した。

男は一人、深紅の陽にむかってゆくように歩いてゆく。金丸はその影のごとくに後ろを進む。

気付かれることのないよう、十分な間を空けている。相手は下人の命などなんとも思っていない輩（やから）である。見つかれば、ただでは済まない。

それでも、じっとしていられなかった。

処刑された男の無念を晴らす。そんな崇高な志を抱けるほどには、死んだ下人との縁は深くない。分不相応な出世を望み、利用されて死んだのだ。仕方のない死に様である。救いようがないと金丸も思う。

ならば、あの男自身への復讐なのか。己をあしざまに罵った男を痛めつけて、気を晴らそうというのか。そんな腕力も胆力も、金丸は持ち合わせていない。闇夜に紛れて背後から襲うことすら、満足にやりおおせる自信がない。

だったらなぜ、金丸はいま男を追っているのか。

尻尾だ。

男の尻尾をつかみたかった。

どんなちっぽけな物でもよい。男が誰と繋がっているのか。いったい誰が、尚泰久の命を狙ったのか。

男は那覇近郊の簡素な家のなかに消えた。夜更けまで周囲で見張ったが出てこなかった。

すでに十日、同じことを繰り返している。男は城を下るとどこにも寄らずまっすぐ同じ家に戻った。妻や子はいないようである。近隣の年増女(としまおんな)が飯炊きのために出入りしている姿を数回見かけたが、それ以外に来訪者も家から出てゆく者もいなかった。

そこから類推される男の人物像は、いたって真面目な役人という姿である。決まった刻限まで働き、夜遊びには目もくれない。これで妻子でもいれば、健全過ぎるほど健全な良き男である。

これ以上続けてもなにも出て来ないのではないか……。

五日を過ぎた頃から、男の家を眺める金丸の心に弱音が過るようになった。しかし、田勇とあの役人が人目を忍んで接触していたのは間違いないのだ。

心の裡でのたうつ弱気を、田勇の小屋で見た光景を頭に浮かべ振り払いながら、途切れそうになる集中力を繋ぎ止め、闇に沈むなんの変哲もない藁葺き屋根を見つめ続ける。

「動くな」

唐突だった。まったく気配に気付かなかった。なにか尖った物が背中に当たっている。

「前を向いたまま答えろ」

あの役人の声だった。

いつ、家を出たのか。男が家から出てくる姿は見なかった。

「わかったら頭を縦に振れ」

言いながら男が背中に当たる尖った物をわずかに押し込んだ。鋭い痛みが、背中から脳天へと駆け上る。金丸は、うなずくしかなかった。

「誰の差し金だ」

まったく感情のこもらぬ声で、男が問う。

鼓動が早鐘のごとく乱れる。ばれていた。いつからだ。気付いたような素振りはなかった。油断したつもりもない。

「答えろ。誰の差し金だ」

痛みがふたたび脳天で弾ける。

「だ、誰もいません」

「そう答えるよりないよな」

「い、いや……」

「お前、あの男の小屋で筵の隙間から覗いていただろ。あの時から、怪しいとは思っていたんだ」

「い」

まさか。

あの夜から気付かれていたのか。

金丸の頭は真っ白になる。はじめから出し抜かれていたのだ、この男に。この男は金丸のことをはじめから疑い、その上でこれまで好き勝手にやらせていたのだ。己の浅はかさに眩暈がする。

「才走った目が闇のなかに光っていた。後日、厩舎でお前を見た時、あの視線の主だとすぐにわかった。下手な真似をしなければ、見逃してやったものを」

男が持つ刃がさらに背中に食い込んだ。肉までは達していないだろうが、皮は確実に裂いている。

「まさかとは思うが、尚泰久ではないだろうな」

「え」

「お前の飼い主よ」

「いや」

「あの男には優秀な犬がいるらしいからな。この前の襲撃も、その犬が邪魔したせいであんなことになった。が、お前がその犬じゃないことはたしかだ」

また少し刃が背中にめり込む。

「こんな愚かな見張りなど、尚泰久の犬がするわけがない」

「わ、私は……」

「もういい。今はなにも話さなくていい」

もはや金丸は完全に男の掌中にあった。

「後でじっくりとなにもかも喋ってもらう」

男の声が耳元に迫る。

「痛みとともにな」

どこに連れて来られたのか、金丸にはまったく見当がつかなかった。刃を突き立てられたまま、まずは男の家に向かった。そこで目隠しをされ、手足を縛られたかと思ったら、そのままごつごつとしたがれきのような物のなかに寝かせられた。自分の間近でがらがらと車輪が回る音がして、がれきがわずかに上下に揺れていたから、どこかに運ばれているのだろうということはわかった。

遠くのほうで分厚い木の扉が閉まるような音が聞こえてからしばらくして、踏み固められた土の上に乱暴に転がされた。衝撃が全身を襲った刹那、背中が痛んだ。男に刃で刺された傷は思ったよりも深いようである。

土の床に投げ出されていた金丸は、引き摺られるようにして柱を背にして座らされた。後ろ手のまま両手首を結ばれた腕を柱に荒縄で縛り付けられる。

「これからじっくり聞いていくから、お前は話したい時に話せばいい」

耳元であの役人の声がした。その間にも多くの者が周囲に蠢いている。

敵の塒（ねぐら）……。

そんな言葉が思い浮かぶが、金丸の思考はそこで立ち止まる。果たして敵とは誰なのか。

「なにがおかしい」

頬を痛みと衝撃が貫く。殴られた。その後、髷（まげ）をつかまれ斜めに傾いだ頭を引き寄せられる。

「この期に及んで笑うとは大した自信だな。あの死んだ下人なんか比べ物にならぬ男だとは思っていたが、どうやら本当に拾い物だったようだな」

「なにを言って……」

「お前、田勇を調べるために下人に身をやつしていたんだろ。本当の身分と上役の名を吐け。それだけで楽にしてやる」

「私は本当にただの馬の糞の始末をする下人で……」

「まだ言うか」

足蹴にされた。蹴られた痛みというより、衝撃で頭が激しく揺れたせいでねじれた首の痛みが凄まじい。頭が揺れて、眩暈がする。

「誰に飼われている。今のうちに吐いたほうがお前のためだぞ」

「違う……。私は尚泰久様に取り入りたい一心で貴方のことを……」

頭を持ち上げられ、喉が詰まる。

「尚泰久に取り入りたいだと」

「本当にそれだけなのです、信じてください」

田勇は使い捨ての道具のように殺されてしまった。あの襲撃には他の下人も加わっていた。そのすべての者が、この男たちに見捨てられ殺されたのである。

下人など人とも思っていないのだ。

そんな男に目隠しをされ手足を縛られ柱に括り付けられ、痛めつけられている。男たちの望みに反することばかり言い続けていれば、拷問は苛烈になってゆき、このまま殺されるのかもしれないのだ。

なのに、不思議と心は凪いでいた。

「くくく」

なぜか笑いが込み上げてくる。

「大した自信だな」

少しだけ男の声が震えているように思えた。なんだかそれも、面白い。

「なにが可笑しいっ」

男のつま先が鳩尾にめり込み、前のめりになる。さすがに笑えずに、金丸は幾度も咳き込んだ。輪を描く唇から、ねばついた唾が滴り、鉄臭さが鼻をつく。血が混じったのだ。

「ふふふ」

うつむいたまま、また笑いだす。

「おい」

男の声が低い。どうやら金丸の顔のあたりまでしゃがみ込んだらしい。

「お前は本当に尚泰久とは関係ないんだな」

「本当です」

言ってまた笑う。

死んだとて……。

なにも変わらないのだ。

無一文で伊是名を出て、流れ流れて辿り着いた首里城で、ありつけた仕事といえば馬の糞の始末ではないか。どれだけ足掻いてみても、金丸の運命はまったく開けてくれはしない。なにかに奮闘すれば、見返りが得られるという次元ではない。どれだけ踏ん張って、頭を下げても、空回りするだけ。嫌われて襲われて、逃げる。その繰り返しではないか。そんな自分が夢を見た。己となんら変わらぬ男の不幸な死を元手にして、尚泰久に取り入ろうなどという分不相応な夢を見てしまった。

できるはずがない。

己になど。

死んだところで伊是名島を出た時となんら変わらない。ならばもう、いい加減に止めにしたらどうなのか。己は余人とは違うなどという過剰な自信、いや欺瞞に浮かされて身の程知らずな夢を見ることなど。

「おい」

しばらく黙っていた男の声がやけに間近に聞こえた。金丸は声のしたほうに顔をむける。

「本当にお前は誰にも仕えていないただの下人なのか。尚泰久に恩を売りたいがために、俺を調べていたというのか」

「さっきからずっとそう言っています」

嘘はない。だから声に揺らぎは微塵もない。

また男が黙り込んだ。周囲の気配も男の沈黙に追随するように、引き締まっているように金丸には思えた。

さほどの拷問もまだ受けていない。いったい、なにが起こっているのか。

「殺すのなら、ひと思いにしてくれませんか」

沈黙に耐えきれずに金丸は闇に語り掛けた。

「お前、布里様の元で働く気はないか。俺がいろいろと教えてやってもよい」

「え」

布里。

尚泰久の兄で、尚巴志王の四男にあたる。

「俺たちは布里様にお仕えしている。なんとしても布里様を尚家の王にする。その想いで集った者たちよ」

どさり……。

遠くのほうで大きな袋が倒れたような音がした。それを聞いた男が一瞬口ごもったが、ふたたび金丸に語り始める。

「現王、尚忠の他、その子である思達。尚忠の弟、金福にその子、志魯……。布里様が王になるには、あまりにも障害が多すぎる」

男の言う通りである。

尚泰久の前には布里もいるのだから、余計に玉座から遠い。布里も尚泰久も王を目指すにはあまりにも上が詰まり過ぎている。

どさり……。

また聞こえた。男も気にしたようだが、金丸へと語り掛けるのを止めはしない。

「布里様が王となるため、一人でも多く障害を取り払う。それが我らの役目。どうだ、ともにやらぬか。布里様が王になった暁には、出世は望みのままよ」

「侮らないでください」

「なに」

「乱なきところに乱を生むかのごとき所業。それは布里様一人の我欲のためではないですか」

どうせ死ぬ。そう考えると止まらなかった。

「王は政のためにいるのです。王の欲を満たすためにいるのではない。我欲のために乱を生むような者に頭を垂れるつもりはありません」

この男の下で働きたくなかった。それが正直なところだ。坊主憎けりゃ袈裟まで憎し。この男に対する憎しみが、布里にまで至っていることを十分自覚しながらも、金丸は叫んだ。

「殺すなら、殺せっ！」

どさり。

またも聞こえた。

いや、今度は一度ではなかった。幾度も幾度も袋が倒れるような音が聞こえ、それは心なしか金丸のほうへと近づいてくるように思える。

「な、なんだ。なにが……」

どさり。

男の言葉が途切れるとともに、袋が倒れるような音が、先刻まで男の声がしていたところで鳴った。

いきなりの静寂に金丸は息を呑む。

「だ、誰ですかっ」

「先刻の言葉」

耳たぶに口が触れるのではないかというほど至近で、壮年の男の声がした。大きく肩を震わせた金丸の唇が、男の妖しい気配に圧されて動かなくなる。

「嘘ではないいな」

口が動かないから、震える頭を傾けて問いの意味が理解できないことを示してみせる。

「我欲のために乱を生むような者に頭を垂れるつもりはない。そう申したな」

言った……。

ような気がする。

さっきは頭に血が上りすぎていて、正直何を口走ってしまったのか、正確には覚えていなかった。

「その言葉に二言がなければ、我が主に会わせてやろう」

我が主とは誰なのか。問いたいのだが、男の言いようのない圧力に喉を塞がれ言葉が口から出てこない。

そういえば、あの男たちはいったいどこに行ったのか。そんな疑問が頭を過った途端、急に濃い血の匂いが鼻の孔から滑り込んできて、金丸の恐怖をいっそう駆り立てる。

「どうだ。我が主に会いたいか」

うなずくしかなかった。歯の根が嚙み合わず、顎が鳴らぬよう必死に歯を食い縛る。

その姿を見て男が笑ったようだが、次の刹那には気が遠くなって、金丸は眠ってしまった。

「目覚めたか」

金丸は穏やかな声を聞きながら目覚めた。顔を照らす陽の光は、すでに昼を大きく過ぎてしまっているようだった。いったいどれだけの間寝ていたのかすらわからない。ただ、全身を覆う重い疲れのせいで、すぐに躰を起こすことができずにいた。

背中に当たる寝床の柔らかさが、なんとも心地よい。ふたたび目を閉じてしまいそうになるのを、意識が途切れる直前の記憶を揺り起こすことでなんとか堪えた。

平静なる眠りではなかったのである。おそらく金丸は見も知らぬ男によって眠らされたのだ。

「ぐうっ」

両肘を柔らかい褥(しとね)に突いてなんとか腰から上を持ち上げると、情けない声が口から漏れた。

「ん」

はじめに驚いたのは、己の姿だった。下人として働くためのぼろぼろの衣が、男に背中を刺され、土の床に転がされ暴行を受けて血と汗に塗れていたのだ。本来なら衣とすらいえぬ襤褸(ぼろ)切(き)れ同然のそれを着けて、寝ているはずである。

上質の麻布でできた軽い衣を着せられていた。襟口から手を入れて、男に刺された傷を確かめようとすると、胴に布が巻かれていて治療された痕跡があった。

「目覚めはどうだ」

男が座っていた。目鼻立ちの整った涼やかな顔をしている。芭蕉布の衣を軽やかに着こなしているが、素性の高貴さがその居ずまいからあふれていた。年の頃は、おそらく金丸より三つ四つ上。三十を少し越えたというところか。

だが、その高貴さよりも目に付いたのは、男の全身から滲み出ている陰の気であった。金丸を見下ろす瞳に、猜疑の影が滲んでいる。男はみずからの闇を隠すかのように、高貴な気配に身を包んでいるようであった。

「口が利けぬのか？」

「あ、い、いや……」

そこまで言われて、初めて金丸は己の置かれた境遇を知覚した。知覚すると同時に、床から起き上がり、磨き上げられた床石に両足を曲げて座り、平伏する。誰かすら定かでない。定かでないが、そうするべき相手であることだけはわかった。

「あの男が人を連れてくるなど初めてのことだったのでな。我も少々驚いておる。が、お主の面相はかならず我のためになると言うて、無理矢理置いていきおった」

「あの男……」

そういえば、金丸が気を失う以前に聞いていた声の主であろう男の姿は、部屋のどこにもなかった。

「人の目に付かぬことが奴の仕事だ。お主が二度と会うことはあるまい」

声を聞いただけだ。一度も会うことがないということなのだ。が、その一度も会ったことがない男の一存で、どうやら金丸は今この高貴な男との対面を果たしているようなのである。

「まだ名乗っておらなんだな。泰久だ」

「泰久……様」

思わず頭を上げ、金丸は呆然とつぶやく。この陰を滲ませた顔の男が、尚巴志の五男、尚泰久であった。

「お主は」

「は」

「名前だ」

「金丸と申します」

静かに頭を垂れる。動揺して腹の底を見せるわけにはいかなかった。下人でありながら、王家の者と二人きりで相対しているあり得ない状況に、胸が激しく高鳴っているのだが、表には微塵も出さない。

「良き名だ」

陰気な声が降ってくる。

これまで金丸が過ごしてきた場所から見える物となにもかもが違っていた。煩雑で無知でがさつで汚辱に塗れた世界こそ、金丸が生きる天地であった。だがここは、部屋に飾られた調度のすべてが簡素で高貴で繊細で清楚、あらゆる物がまばゆい陽光に彩られている。

そして……。

その中心に、闇をはらんだ尚泰久がいた。

好機である。

逃してはならぬ。

「私は尚泰久様の従者の方が刺殺された事件を調べておりました」

「そうか」

尚泰久は細い眉ひとつ動かさずに答えた。だが、その瞳は、先をうながす圧に満ちている。金丸は王の弟の無言の求めに応じるように、淡々と言葉を紡ぐ。

「私は城の厩舎の馬の世話をする下人でございます」

「下人……」

「はい。下人でございます。仕事の同輩が、尚泰久様を襲撃した罪で殺されたのです。

私はこの同輩とわずかに付き合いがあり、二人で夜中に酒を飲んでいる時に、彼を訪れる怪しい男を見ました。私はその男に捕らえられ殺されそうになったところを、尚泰久様が〝あの男〟と申されたお方に助けられたのです」

「なるほど」

どこまで尚泰久は知っているのだろうか。

自分を襲った者が誰の差し金で動いていたのか。彼らを〝あの男〟に始末させたのは、尚泰久自身の命令だったのか。

とにかく、ここで退(ひ)いてはなにも始まらない。

金丸は押す。

「その怪しき男が自分で言うておりました。我らは布里様の配下であると」

「我ら」

「私を捕らえたのはその怪しき男なのですが、運ばれた場所には多くの仲間がおりました。おそらく奴らは〝あの男〟と尚泰久様が呼ばれたお方に……」

「そうか、そういうことか」

金丸から目を逸らし、尚泰久は椅子に座したまま何度もうなずいた。真一文字に結ばれた唇の奥で、歯が軋(きし)む音が鳴る。しばらく黙考した後、尚泰久はふたたび金丸に視線を投げて口の端を邪(よこしま)に吊り上げた。

「我は〝あの男〟のやっておることを詳しくは知らぬ。あの男は我が身に危難が降りかからぬよう守るのが使命。それ故、この前の従者たちの死が、よほど腹に据えかねたようだ。あそこまで襲撃の手を及ばせてしまった自分と、己を出し抜いた敵に」

闇に聞こえた壮年の男の声を思い出す。あの声の主は、思慮深き者であるように金丸には思えた。尚泰久を守るあの男にとって、白昼堂々、主に襲撃の刃が迫ったことはなによりの屈辱であったのだろう。

「そうか……。やはり兄が我を……。布里め……」

目を伏せた尚泰久が椅子の背板に思い切り躰を預けながらうめくようにつぶやいた。

それを金丸は黙ったまま見上げ続ける。つい十日ほど前までは考えられなかった状況であった。糞の始末をしていた下人が、王家に連なる王子と語らい合っているのだ。

「金丸」

尚泰久が己の名を呼んだ。王弟に名を呼ばれ、心は震えている。が、静かに、ただ静かに短い返答を口にする。

「はは」

「お主に兄弟はおるか」

「弟が一人」

「その弟はお主を殺すか」

「それはないと思います」

あの弟が己に刃をむける姿が、金丸はどうしても思い描けない。

膝の上に置いた尚泰久の拳が震えている。虚空をにらむ目に、先刻までの猜疑よりも濃い怒りが滲む。

「兄上は幼き頃より、我のことを嫌うておった。幾度も危うき目にあわされてもきた。そうだ、童の頃のことだ。我と兄上が城の石垣に登って遊んでおった。気付いたら兄上の姿がなくなっておって、心配になって探そうとしたら、いきなり背中を押され、我は石垣の下へ真っ逆さまよ。さいわい落ちたところに草が生い茂っておって怪我ひとつせなんだからよかったが、もしかしたら我は死んでおったかもしれん。そんなことは一度や二度ではない」

「他の兄上方や御両親はそれを御存じではなかったのですか」

「兄上はずる賢いお方だから、他の者が見ておるところでは決して妙なことはせん」

尚泰久の白い眉根に深い皺が刻まれる。

「布里という男はそういう男だ」

この男の裡にある激しい情動を、金丸は好ましく思う。

気付いたら……。

問うていた。

「尚泰久様は王になられるおつもりですか」

「なりたい」

即答であった。

三山統一の英雄尚巴志の第五子。王になるにはあまりにも敵が多すぎる。それでもこの男は、王になりたいと即座に答えた。

闇だ……。

欲という名の闇が、尚泰久という男を形作っている。

「金丸」

「は」

「お主はかならず我のためになると〝あの男〟が申しておった」

なぜ、そんなことを〝あの男〟は言ったのか。金丸には身に覚えなどなにひとつない。どこでも嫌われ者だった。尚泰久のような王子のためになるなどと言われるような人間であるとは到底思えない。

が……。

それでも自信がなかったといえば嘘になる。

才だ。

己には人にはない才がある。

速さだ。

想いを巡らせる速さはこれまで己に勝る者に出会ったことがない。

金丸にも欲がある。

自分を虐げてきた者たちへ復讐するために、この国でのし上がるという欲が。己も王に負けぬほどの闇をこの身に飼っているという自負がある。

「かならずや」

尚泰久に迫る。

「かならずや尚泰久様の御力になります。どうか私を御側に置いてくだされ」

「それは止めておこう」

いきなりの肩透かしに金丸は思わず声を発しそうになった。

「どうか御側に」

ここで引き下がったら、下人風情に浮かぶ目など二度と巡って来ない。

深々と頭を垂れる。

「私を御側に置いてくだされば、かならずや尚泰久様を王にして御覧にいれます。どのような手を使ってでも、かならずや王へ。約束いたしまする」

額を床に付けて平伏する金丸には、尚泰久の顔は見えない。

押す。

なりふり構わず。

「布里様が何故、兄上方ではなく尚泰久様を恐れるのか。それは、尚泰久様がお持ちになられる王の気風故にござりまする」

「王の気風」

「左様。こうして御前に侍らせていただき、よくわかりました。尚泰久様には王の気風が備わっております。かならずや尚泰久様は王になられるお方。布里様も心のどこかでそれを悟っておられ、また恐れておられるのです」

口から出まかせだ。

よくもまぁ、ここまで嘘が立て板に水のごとく湧き出てくるものだと、己でも感心してしまう。金丸は王という生き物に会ったことがない。王の気風などわかるはずもないのだ。

「ふふふ」

唐突に尚泰久が声を上げて笑った。金丸は額を床から離して、王子を見上げる。弓形にゆがんだ邪悪な瞳が、必死に仕官を乞う下人を見下ろしていた。

「我に王の気風が備わっていると申すか」

「はい」

金丸は力強くうなずく。

「我の馬の糞の世話をしてくれるのか」

「は」

素っ頓狂な声が王子の私室に響いた。それが己の声だと知って、金丸は頰に熱を覚える。

「ふははは」

顔を伏せた下人を見て、尚泰久が声を上げて笑う。

「下人は嫌か」

「それは……」

贅沢(ぜいたく)を言えるような立場ではない。

「我は越来に籠る」

笑みを消した尚泰久が言った。中城を挟んで首里の北に位置する越来は、尚泰久の領地である。

「ならば私も……」

「お主は首里に残れ」

金丸の願いをきっぱりと断ち切って、尚泰久は続けた。

「この城には敵が多い。このままではいつ殺されてしまうかわからぬ。故に我は越来に籠って時を待つ」

「出過ぎた真似をいたしました。尚泰久様は、私などが言わずとも王になられるおつもりだったの……」

王子が指を突き立て、金丸の口を封じた。

「誰が聞いておるかわからぬのだ。無駄口はよせ」

青白い尚泰久の面に悪辣な笑みが貼りついていた。

「尚忠兄に其方（そなた）を推挙する」

「尚忠様といえば……」

現在の王である。

「家来赤頭（げらへあくかべ）としてな」

「家来赤頭ですか」

決して高貴な位階ではないが、れっきとした首里の役人である。下人などとは比べるべくもない大出世だ。下人のようなわずかな銭ではなく、ちゃんとした給金も支給されるはずだ。

「住まいや身の回りの物、それに衣。家来赤頭としての暮らしができるだけの物は、揃（そろ）えさせる。お主は身ひとつでよい」

「どうして、そこまでしていただけるのです」

「お主が言ったではないか。我を王にしてくれるのであろう」

「男に二言はありませぬ」

まっすぐに尚泰久を見上げ、金丸はみずからの想いを確かめるように言い切った。

「頼りにしておるぞ金丸」

軽やかに言った尚泰久は、深く息を吸って、卓の上に置かれたままの白磁の碗（わん）を手に取った。冷めた茶で喉を潤してから、ふたたび金丸を見る。

「まずは役人として十全に勤め上げられるようになることに専念せよ。話はそれからだ」

「話とは」

「この城の中で起こること。お主が気になったことを越来に報せてくれ」

「どのようなことをお報せいたせばよいのでしょう」

「任せる。お主が我に聞かせたいと思うことを、教えてくれればよい」

間者なのか。

にしては命令が緩い気がする。いや、期待していると口では言っているが、尚泰久は金丸をそれほど買っていないのだろう。疑（うたぐ）り深い尚泰久のことだ。おそらく、この城には金丸のような犬を何匹も放っているのであろう。そのうちの一匹でも有能であれば、尚泰久にとっては利があるのだ。金丸同様、王朝に推挙するという形を取れば、己の懐も痛まない。巧妙な策であると思う。

その程度で十分だと金丸は内心ほくそ笑む。今日初めて会った男を、誰の紹介だとしても心より信頼するようなお人よしならば、金丸が仕えるほどの器量ではない。どの犬よりも使える一匹になればいいだけの話だ。

金丸がいなければならぬ……。

尚泰久にそう言わせるまでの男になるのだ。

「お主が我の力になると言った〝あの男〟の言葉を信じてみようと思う」

「かならずや御期待に添うてみせまする」

「ふふ」

鼻で笑う尚泰久のうなずきには、言葉以上の情の揺れはなかった。

*

十一年という歳月が金丸の前を過ぎ去っていった。二十七で城に仕官した金丸も、三十八という壮年と呼ぶべき年齢に達していた。

まばたきひとつ。それほどの感慨しか金丸には残っていない。

家来赤頭として尚泰久に推挙され、与えられた仕事を淡々とこなしてゆくうちに、位階もいくらかは昇った。いまでは金丸という名も、城内では一廉(ひとかど)の役人として知れ渡っている。

　この十一年の間に、尚忠王が死んだ。

　その後、王位を継いだ尚忠の嫡男思達も五年という在位期間の末に早世。王位は尚忠の弟である金福が継ぎ、すでに二年の歳月が流れている。金丸が首里城に仕えた十一年で、王が二度も変わったのだ。

　伊是名島を出て十四年、食うや食わずで本土を流れ歩き、下人として糞に塗れていた日々も遠い昔の良き思い出である。いまや屋敷には住み込みの下人や飯炊きがいて、身の回りのいっさいの世話をしてくれていた。日々の飯に困ることなどない。城に登る時にも警護の若者が一人付き従ってくれる。

　過不足ない暮らしであった。

　だが、金丸はなにひとつ満足していなかった。

　上役の者に与えられた仕事を下位の者たちを使ってこなしてゆく毎日。抽んでることなど誰も求めていない単調な仕事と、想いを巡らすことなくそれらを十全にこなせている器用な自分に愕然としながら、夕刻になり城を辞す。屋敷に帰れば寝床に就くまで、甲斐甲斐しく働く下人たちに世話を焼かれ、なんの不満もなく朝を迎えることができる。女にも不自由しなかった。将来ある役人である金丸には、伽を願う女など、望めばいくらでもいた。平坦極まりない毎日が、金丸を倦み疲れさせる。安穏という名の泥沼が、金丸をじわじわと閉塞の底へと埋もれさせてゆく。

残してきた妻や弟のことを想うこともあったが、呼び寄せようとは思わなかった。日々の雑事に追われ倦み疲れた毎日に、これ以上の面倒を招き寄せるような余裕はなかった。

復讐すらも果たせていない。城内での立場がどれだけ上がろうと、伊是名島に影響を及ぼすような決断を任されはしない。王の決裁を得なければ、何事も決められない。そして、金丸には王に進言するだけの権限はなかった。

復讐という言葉自体が、少しずつ心の裡で朽ちていることに金丸自身気付いている。首里城での毎日に忙殺されている間に、十四年も前に己を虐げた者たちへの怒りなど些末な物に思えてきていた。

越来に籠る尚泰久への報せも、年々数が減ってきている。尚泰久の兄たちも年を取り、若い頃のように血気盛んな野心をあらわにするようなこともない。登城中の尚泰久を狙うなど、年老いて温和になったいまの布里からは想像もできない。

首里城は尚金福王の元、表立っては平穏に治まっていた。

だからこそ。

金丸は越来にいた。

「久しいな金丸」

首里より訪ねてきたみずからの飼い犬を肩越しに見て、尚泰久が笑う。金丸より五つ年嵩であるから、四十三だ。弓形にゆがんだ目じりに幾重にも走る皺が、二人を隔てた年月の長さを金丸に思い知らせる。

越来の城の尚泰久の私室であった。

首里王府から訪ねてきた役人を迎えるには、あまりにも簡素な歓迎である。金丸が王からの使者などであったならば、広間に役人どもを並べ、尚泰久が上座に控えて盛大に迎え入れるのであろう。しかし、突然現れ不躾に面会を求めたのは金丸のほうである。当然、首里からはなんの命もない。そんな男に主みずから警護の者もつけずに私室で会うなどということはあり得ない。そういう意味では、これ以上の歓待はないと金丸は思う。

狭い部屋に二人きりで向かい合っている。昼日中であるというのに、窓を閉め切り、隙間から漏れる光だけが二人をかすかに照らしていた。

「勤めは休みか」

声を投げる尚泰久の瞳には、十一年前と変わらぬ猜疑の闇が満ちていた。が、幾何か濁っているように金丸には思える。

無理もない……のだろうか。

金丸にとって十一年という歳月は、あっという間であった。気張らずともこなせる程度の些末な政務を淡々とこなしてゆくだけの単調な日々は、深い思考を要しはしない。他の役人どもが、毎日死にそうな顔をしながら必死に務めを果たしているのが、不思議であった。法と道理さえ逸脱しなければ、思い悩むような仕事は金丸にとっては皆無であった。情や欲に囚われるから迷う。苦しむ。王府での務めなどという些末な欲に囚われるほど、金丸の情は脆弱ではなかった。単調な務めをこなしているだけで、立場だけが上がってゆく。それだけの十一年だった。

尚泰久にとっては違ったのだろう。

首里城に盤踞する兄弟や甥から野心を隠すため、越来の城に留まりただただ領内の政だけに気を注いできた。越来での尚泰久の政に対する評判が首里城まで届いたこともない。猜疑心が強い尚泰久のことである。そのあたりのことに対しても、首里城の顔色をうかがっているのだろう。ぬかりはない。が、それでは倦み疲れるのも無理もないと思う。

王になるという望みを叶えられずに十一年という歳月が流れてしまった。もう己の出る幕はないと観念しているのだろうか。

倦み疲れるなど、金丸が許さない。家族よりも復讐よりも大事な物を、金丸はこの男に託しているのだ。

「辞してまいりました」

尚泰久の問いに事実だけを淡々と述べた。目の前に座る男が王弟であるというだけでうろたえていた頃の金丸とは違う。十一年の間に、心は太くなった。

「辞しただと」

「はい」

「どういう意味だ」

「言葉のままにござりまする。首里での御役の一切を辞して、越来に罷(まか)り越しました」

首里城で役人として働き、尚泰久に有益と思える事柄を越来に報せる。それが、金丸に課せられた密命であった。すべての職を辞して越来に来たということは、尚泰久の密命に逆らう行いである。王子は叛意(はんい)ともとれる金丸の独断にあからさまな疑念を示した。

「お主の名は越来にも届いておる。情に流されぬ良き役人であると」

「ただ課せられた役を十全にこなしておったにすぎませぬ」

「常人にはそれができぬ」

だからどうしたというのか。劣った者のことを想い、己は恵まれているなどと感謝すればいいのか。みずからの思う十全を目指し、それをただ遂行したのみ。その姿が、余人よりも優秀に見えただけのこと。

楽ではあった。

劣った者に妙な妬みを受けて足をすくわれるようなことはあっても、伊是名や辺戸の荒くれ者たちのように、刃を持って殺しに来るような輩はいなかった。陰険な手でこちらを貶めようとする者がいたとしても、事前に察知して手を尽くせば、策を封殺することも逆に相手を陥れることも可能だった。策を砕かれたといって逆上して殺しに来るような者も、幸い一人もいなかった。

策と金丸の才知があれば、逆境など容易に挽回できた。そういう意味では、首里城での役人暮らしは、伊是名や辺戸のような民との生活よりもよほど単純明快で楽なものだった。

だが。

「あの城ですべきことはもはやありませぬ」

すっぱりと言い切って、金丸は猜疑に満ちた王子の視線を正面から受け止めた。

「越来に来て、どうするつもりだ」

側に置くつもりはない……。

王子は言下にそう言っている。

冗談じゃない。

「私が十一年前に申したことを、忘れたとは言わせませぬ」

「ん」

眉間に皺を寄せて尚泰久が目を逸らす。明らかに覚えていない。もしかしたら、金丸という存在自体、どこまで明確に記憶していたのだろうかと思う。首里城内に放った多くの飼い犬の一匹であったのは間違いない。それでも、他の犬よりは頭一つ、いや何個分も抽んでていたという自負が金丸にはある。

舐めるな……。

「かならず尚泰久様を王にする。私はそう約束いたしました」

「そうであった……かな」

聞かされてもなお、思い出せずにいるようだった。

首里から遠い越来の地の領主に甘んじ、十一年もの長き間堅き城門の奥に籠り、みずからの身中で燃えていた野心を食い尽くしてしまったのではないか。尚忠が死に、その子である思達が死に、金福が王になった。彼が死した後には、その子の志魯もいる。兄の布里もいる。すでに四十三。みずからに玉座が回ってくることなど天地が逆さになろうとあるわけがない。そう観念してしまえば、越来の領主に甘んじて生きる幸福を享受できるだろう。王などという尊大な野心よりも、この男は小領主の安寧を選んだのかもしれない。

たしかに、十一年前よりも尚泰久のまとう欲の闇は薄くなっている。

それでも。

金丸は王子の耳に邪悪な野心を垂らす。

「近々、金福は死にまする」

「兄が死ぬだと……」

己を見据える王子にうなずきを返し、金丸は続けた。

「王は近頃、病がちになられ、床に就かれることも少なくはありませぬ。政は家臣たちに任せ、皆の前に顔を出すことも珍しくなりました」

「だからどうした」

諦めの笑みとともに尚泰久が吐き捨てる。

「兄が死んでも、子の志魯がいる。あの布里がいる。我には関係のない話だ」

「そのような妄言、心の底から申されておられるのですか」

尚泰久は揺れている。長き雌伏の時に倦み疲れてしまった王子に、気弱な言葉は響かない。金丸は強き想いを舌の上で紡ぐ。

動かすのだ。

いや。

動かさなければならぬのだ、この男を。金丸の欲を満たすには、それしか道はない。

「金福が死に、志魯が王になれば、布里が黙ってはおりますまい。逆に布里が強硬に王を名乗れば、今度は志魯が許しませぬ。それほどに今、首里城内は割れておりまする」

志魯と布里の相克は、今に始まったことではない。金福が王になった二年前から、両者の間では暗闘が繰り広げられていた。この十一年あまりの間に王が二度も変わっているのだ。金福の後継を志魯と布里が狙うのも当然の流れであった。

金丸は両派閥の綱引きを中立の立場で静観していた。いずれからの誘いにも乗らず、みずからが尚泰久に飼われていることなどおくびにも出さず、ただ時が過ぎるのを待った。

「越来に籠るという御判断は、今となっては最善の手でござりました」

昔のことを思い出す。

十一年前、初めて尚泰久と相対し、みずからを使ってくれと懇願した時の金丸は、哀れなほどに小さかった。ただひたすらに、下人である現状を打開したいがためだけに、王子にすがりつくことしかできない小汚い木っ端であった。口から出まかせを言う程度の愚かな策しか、若く未熟な頭にはなかった。

しかし、今は違う。

十一年の首里城での暮らしが、王子に対等に相対するだけの力を金丸に与えていた。

この男を王にする。

そのための揺るぎなき策が、金丸の胸の裡にはっきりと宿っていた。

「首里城から離れておられたがため、尚泰久様は後継争いの埒外にいることができた。故に、城内の者どもを志魯と布里の両派に分かつことができ申した」

「なにが言いたい」

お前を王にするための策だ。

「密かに兵を蓄えるのです。金福が死ぬその時までに」

あえて金丸は王や様などという尊称を、首里城内の王族から省いた。尚泰久だけが己の主であることを、ここで存分に示してみせる。長き籠城生活で疲れ果ててしまった王子に、再起の策とともに本当に信を置くべき者が誰なのかを知らしめるのだ。

「金福が死ねば、かならず首里城は割れまする。その日はそう遠くはない」

「金丸」

飼い犬の視線を、熱を帯びた瞳で受け止めながら、尚泰久が力のこもった声でその名を呼んだ。

「お主はなにを考えておる」

「尚泰久様を王にすることのみを考えておりまする」

嘘偽りのない言葉だった。

尚泰久を王にするという言葉は、はじめは口から出まかせであった。みずからを飼ってもらいたいという一心であった。

ただ、今この時、金丸が口にしている言葉に嘘はない。尚泰久を王にすることができる。そう見越したからこそ、金丸は首里城での一切の職を辞して単身越来に来たのだ。

そして、尚泰久を王にすることが、金丸の胸の裡に宿る野心を叶えるための唯一の道だった。

「よろしいですか尚泰久様」

なおも詰め寄る。

王の高い鼻が己の頬に当たろうとするほどの間合いで、見つめ合う。最前まで首里城に見捨てるようにして放った飼い犬でしかなかった金丸を見る尚泰久の目には、得体の知れぬ信頼に似た情の揺らぎがこもっていた。

「いずれが王を名乗り、いずれがそれに反旗をひるがえしたとて、反乱は反乱にございまする。尚泰久様は勝ったほうを討つのです」

「王を名乗ったほうが勝ったとしてもか」

「死人に口はござりませぬ」

「お主はいったいなにを……」

主の動揺をみずからの欲の闇で覆いながら、金丸は淡々と続ける。

「王であったほうが勝ったとて、戦の混乱に乗じ、反乱者が王を討ったと宣言するのです。両者ともに討ち果たせば、残った尚泰久様の言葉こそが真実となる」

　わずかに尚泰久が身を退いた。

　尚泰久の動揺に構ってやるような優しさなど、首里での宮仕えですっかり擦り切れてしまっている。目的のため、金丸は迷わず押す。

「尚泰久様が家来赤頭へ推挙してくださった時より、私はこの時を待ちわびておりました」

「この時……」

「尚泰久様が王になる時にござります」

「わ、我が王になる」

　尚泰久の瞳の奥に野心の炎が揺らぐ。

「尚泰久様が世に出るのはこの時しかござりませぬ」

「兄は本当に死ぬのか」

「多く見積もっても二年」

「志魯と布里は争うか」

「かならず。もはやあの城は両派を抱えたままでは保ちませぬ」

「戦か」

「その時のために、兵を蓄えておくのです。志魯や布里の兵に負けぬ強き兵を」

「金丸……」

王弟が声を潜める。

「お主はこれより我の側に仕えよ。よいな」

「はは」

尚泰久の側近。いまはそれでいい。

＊

尚泰久は三日に一度は金丸を越来城のみずからの部屋に呼んだ。

「今日は遅かったな。なにをしておった」

己で呼んでおきながら、尚泰久は金丸に猜疑の視線を投げて来る。少しでも普段と違うことがあると、執拗に聞いてくる。

「別段、これといったことはござりませぬ。遅れたつもりもござりませぬ」

本心のまま答える。執務のために与えられた部屋に使いが来て、まっすぐに主の部屋へゆく。それだけのことだから、毎日の移動に大した差などない。

小心なのだ。

生まれつき。

越来に来て三月。三日に一度、顔を突き合わせて語らい合っていれば、相手の性根を見透かすことなど造作もない。

「そうか、気のせいか」

「はい」

言い切ってやると、尚泰久は安心する。遅れたからといって、怒るわけでもないのだ。ただ、いつもと違う。そう思ったというだけ。

生来の気性に、王位を継承できるという立場による肉親たちとの暗闘が拍車をかけ、尚泰久の猜疑と小心はもはや克服できるようなものではなくなっている。だから、到着が遅れたという言葉も、本心から思っているというより、自室に金丸が顔を見せた瞬間に思いついた程度のこと。尚泰久にとって、詰問じみた言葉は挨拶と変わりがない。だから逆に、その挨拶にうろたえて、みずからの想いとは別のことを口走ってしまうと、面倒なことになる。

遅れて申し訳ありませぬ。と言って、無理矢理言い訳などしようものなら、猜疑に満ちた追及が始まる。どこで何をしていたのか。誰に会っていたのか。などと、執着が強ければ強いほど、相手を問い詰める。

半月もせぬうちに金丸は揺るがぬことを学んだ。

この男の前では動揺してはならぬ。本心こそが猜疑に勝る最高の武器なのである。みずからが疑いを持たず自信を持って発言すれば、脆弱な猜疑のつけ入る隙などない。疑いをかけたほうが折れる。

「そうか……。気のせいだな。まぁ、座れ」

「はい」

尚泰久と卓をはさんで向かい合うようにして設えてある、いつもの椅子に腰をかける。

「どうだ」

三日に一度決まって投げかけられる問いである。

金丸は表情を変えぬまま、いつもの答えを返す。

「何事もありませぬ」

越来に金丸が来る前から、尚泰久は越来での安穏な暮らしに倦み疲れていたのだ。金丸が来たからといって、なにも変わらない。尚泰久が埋没している安穏な暮らしに、金丸も晒されているというだけ。

「金福王が死なねば、なにも変わりませぬ」

いつも決まって、金丸はそう続ける。

「そうだな」

硬い笑みを浮かべ尚泰久がうなずくのもいつものことだった。

主は恐れている。

兄の死を。

王になりたいという欲は潰えていないくせに、尚金福が死んで、志魯と布里が争うという変事を心の奥底では恐れているのだ。

だから、毎回注ぎ込んでやる。

金丸の毒を。

「この平穏も金福王が死ぬまでのこと。王が死に、志魯と布里が戦を始めれば、尚泰久様はこの城に戻ることはござりますまい」

「あぁ」

こわばった頰を精一杯笑みの形に吊り上げながら、尚泰久がうなずく。みずからの肉親の死を平然と語る金丸の悪意を、己は動揺せずに受け止めているぞ。と、笑みで語ろうとしている。

「兵のほうは順調に鍛えられております。武器、甲冑の用意も滞りなく。ただ……」

「ただ、なんだ」

「将となるべき男がおりませぬ」

武張ったことは、金丸ははなから興味がない。調練は城の武士たちに任せている。兵装の確保や兵糧などの調達という、兵たちが何不自由なく戦に集中できるための用意こそが、金丸の仕事だ。

だが。

そんな金丸の目から見ても、越来にはこれといって抽んでた武人がいない。

「島じゅうを探させるか」

「いえ。探すならば越来で」

「そうだな。あらぬ噂を立てられてはならぬな」

この辺りの勘働きは鋭い。尚泰久が島じゅうから武人を集めているということが首里に知れれば、密かに進めている戦支度も水の泡である。志魯と布里の頭に、尚泰久という敵の名が浮かぶことだけは、なんとしても避けたかった。越来を牽制して二人が争わぬような事態になれば、金丸の野望は完全に頓挫してしまう。

「越来におるか」

「身分を問わず、腕に自信のある者を募れば、あるいは……」

「わかった。好きにいたせ」

「は」

提案するのが金丸なら、尚泰久の承認を得て、実行に移すのも金丸である。

ゆくゆくは王になる……。

越来の主だった家臣たちにさえ告げていない秘密を二人は共有している。その強固な絆が、金丸への信頼となっていた。

「金丸よ」

「はい」

「お主は、我を王にしてなにがしたいのだ」

王子のほうから話を切り出すのは珍しいことだった。しかも、二人が共有する野心について、主のほうから明確に語ることは、これまで一度もなかった。

かねてより胸に抱いていた想いを素直に口にする。

「揺るぎなき王権の元で、厳格に民を統べまする」

「いまはそうなってはおらぬか」

「はい」

「そうか。ふふふ」

先刻のぎこちない笑みとは違い、尚泰久は頬を緩めて声を出して笑った。

「王や按司は民より税を奪うだけ。民の罪は民同士で裁かれておりまする。王や按司は我らから奪うもの。民はそう思うて疑っていない。王や按司もまた、それでよいと思うておる」

「それではいかぬのか」

「はい」

力強くうなずき、金丸は続ける。

「絶対なる力と法により民を統べるのが王の務めでありまする。法により、厳格に民は裁かれるべきなのです」

そうであれば。

あの日。

金丸は島を追われることはなかった。

「人を殺すのは罪にござります」

「それは今の王府でもそうであろう」

「ですが、多くの罪は民のなかで裁かれ、その裁きのなかには、裁かれた者にとっては理不尽極まりない物も多い」

己もそうだ。

金丸は島の民によって裁かれた。水盗人として。弁護する者などいない民だけの裁きによって。いや、裁かれる場すら与えられなかった。

「罪は王や、王に支配を任された按司によって裁かれる。その事実が民の隅々にまで行き渡れば、理不尽な裁きはなくなりまする」

「それが、揺るぎなき王権の元で、厳格に民を統べるということか」

「民もそれを望んでおるはず。絶大な力で統べられれば、民は平穏な日々を送ることができまする。王はただ奪うにあらず。民もまた奪われるだけにあらず」

伊是名や宜名真で殺されそうになった経験と、十一年という首里城での役人暮らしによって培われた想いだ。

「尚泰久様にはそのような政を行う王になっていただきたい」

「なれるか我に」

「すべては金福王の死を待つことからにござります」

うなずいた尚泰久の顔に貼りついていたのは、ぎこちない作り笑いだった。

＊

大男が突き出した棒が、相手の腹を強かに打つ。打たれた武士は、口から泡を吹いて倒れた。

「何人目だ」

かたわらに座る尚泰久が顔を傾けて問うてきた。立ったまま主に侍る金丸は、頭を下げ、耳に口元を寄せるようにしてささやく。

「五人目でございます」

「名はなんと言ったか」

「大城。町の者らは男の力を恐れ、頭に〝鬼〟をつけて呼んでおるそうです」

「鬼大城か」

肉の鎧(よろい)に覆われた褐色の肌を汗で濡らした鬼大城が、棒を手にして尚泰久を見上げていた。白目がやけに黄色く、中央に浮かぶ小さな瞳が純真な光をたたえている。

「まだやるか」

主が問うた。鬼大城は嬉しそうに頑丈そうな四角い顎を上下させる。

「では次の者」

家臣たちの輪のなかから新たに武士が一人躍りでた。下人風情に負けてなるものかと、鼻息が荒い。だが、勝負は鬼大城が思い切り振り下ろした一撃で決した。

恐ろしいほどに強い。武張ったことにまったく関心のない金丸にも、鬼大城の抽んでた強さは理解できる。

鬼大城が打ち倒してきた者たちは、武勇を買われて城に仕える武士なのだ。戦ともなれば、その身を盾にして尚泰久を守る猛者たちである。そんな荒武者たちが、いともたやすく打ち倒されてゆく。

「これまでなにをさせておったのだ」

「馬の世話を」

「勿体ないな」

同感である。

「まだやるか」

尚泰久の問いに、鬼大城は嬉しそうにうなずく。

「このままではお主たちの面目は丸潰れだぞ。此奴(こやつ)に一矢報いる者はおらぬのか」

すでに下人からの出世を確実なものとした鬼大城を前に、尚泰久は家臣たちを焚きつける。

男たちも黙ってはいられない。額に青筋を浮かび上がらせて我も我もと主にむかって手を上げる。己に浴びせかけられる殺気の海のなかで鬼大城は、ただ端然と相手を待ち続けていた。

「お主」

主が髭面(ひげづら)の家臣を指さした。

広間の中央で鬼大城と先刻の髭面が見合う。鬼大城が頭ひとつ大きい。鬼大城は武勇の腕だけではなく、背丈も周囲の誰よりも抽んでて大きかった。

棒の先端を鬼大城の鳩尾のあたりにむけながら、髭面がつま先で間合いを削ってゆく。

鬼大城は動かない。

髭面が動いた。

まっすぐに突く。

鬼大城が棒を叩き落とす。

素早い。

石畳を転がった髭面が動かなくなった。力なく開いた口からは、黄色の泡が流れだしている。

尚泰久が立ち上がった。

「今日からその男は、お主たちの仲間だ」

不満を口にする者はいない。だが、頭を垂れる男たちの発する不穏な気が、金丸の肌を刺す。

主が椅子を立ち、皆に背をむけた。去ってゆく主を、わずかに顔をあげて鬼大城が見送っていた。

「下郎が……」

誰にも聞こえぬ声でつぶやいてから、金丸は主の後を追った。

金丸が越来へと移った翌年、尚金福王が病にて薨去（こうきょ）した。齢五十六。三年あまりの在位であった。

尚金福が死ぬと、金丸の見立て通り、その子の志魯と金福の弟である布里が、城内の自派の勢力を率いて互いに争いを始めた。尚泰久は乱の勃発を知ると、かねてより金丸と謀議を重ねていた手筈（てはず）通りに越来の兵を首里に向かわせた。

あくまで乱の平定という名目である。

鬼大城……。

馬の世話をしていたという男を、大将に抜擢した。越来の武士の誰よりも武に抽んでていた。そのうえ気性は愚直で主に忠実。王の元で、今回の乱による金丸の企みを耳にし動揺はしても、主命に逆らうような真似はしなかった。

「報せはまだか」

越来城の広間で、幾度目かの問いを尚泰久が家臣たちに投げた。金丸は彼らの列の先頭に立ち、黙したまま首を左右に振る。

乱鎮定という大義名分のもと布里の援助をする。そこまでが、越来を出た兵たちに与えられた命だった。が、将である大城にだけは別の命が尚泰久より直々に下されている。布里とともに志魯を討った後、王城に弓引いた罪を問い、布里を討て。それが大城だけに下された密命であった。

手は打ってある。

乱が鎮圧される頃合いを見計らい、中城から尚泰久の舅である真牛が出兵することになっていた。娘婿である尚泰久を王にするため、真牛には大城の後詰を務めてもらう。琉球一の武人である真牛が尚泰久につけば、諸国の按司たちの混乱を封じることができる。

もはやすべての謀議は金丸の手を離れている。手を下すのは大城の役目だ。上座の主も金丸と同じ境遇なのだ。いくら焦ってみたところで、どうこうなるものでもない。

待つ。

それ以外に金丸と尚泰久にできることなどない。

「金丸」

わずかに震えた主の声が降ってくる。哀れな太腿を視界に収めぬよう、目を伏せ、床を見つめながら言葉を待つ。

「やれるか大城は」

「かならずや」

焦る王子の心を落ち着かせるために断言してやる。金丸が注ぎ込んだ毒のおかげで、王座を欲する欲は戻った。が、この男の生来の小心だけは、どうすることもできない。策に抜かりはない。大城や真牛が、金丸の予想以上の愚か者でなければ、かならず志魯と布里は死ぬ。

ゆっくりと王の目線にみずからの視線を合わせ正対する。

「大城が信用できぬのでしたら、我らも城を発ちまするか」

「な」

「近衛の兵とともに首里城へむかうのです」

「報せがあるのだ、それを待ってからでも……。それに舅殿も後詰を買って出てくれておるのだろう。我らが動くことはあるまいに」

「乱鎮定のために尚泰久様みずからがお発ちになられたとなれば、兵たちの士気も上がりましょう」

「たしかに……。だが、それは……」

戸惑っている。みずからの命が惜しいのだ。

己の手を汚したくはないが、王座は欲しい。人として当然の欲である。誰もが楽をして力を得たいと思う。この期に及んで流れ矢に当たって命を落とすような無駄死になどしてなるものか。

ならば。

黙っていろ。

「じきに報せが参ります。いま城を発てば行き違いになる恐れもあります」

「そうだな。たしかにそうだ。ここは待つしかないな」

欲していた答えに満足したように、王子が声を跳ねさせ大きくうなずいた。その時、広間の戸が盛大に左右に開き、薄汚い兵装に身を包んだ若者が姿を現した。その姿を見た尚泰久が領主の座から立ち上がる。

「首里城からの使者かっ！」

「ははっ」

戸の前で片膝立ちに控えた若者が答えると、彼を呼ぶより先に尚泰久は座を飛び出して、左右の家臣たちの驚く顔を見もせずに広間を縦断した。片膝立ちで控える若者の前にしゃがんだ王子が、彼の両肩をつかんで揺さぶった。

「どうしたっ！　大城はなんと申しておるっ！」

鬼気迫る王子の催促に、疲れを隠せぬ若者は苦い笑みとともに唇をひきつらせながら答えた。

「大城様は布里様とともに逆賊志魯を討ち果たしました。しかし、その苛烈なる戦の最中、布里様もまた敵兵の刃に倒れ討ち死になされました。中城より真牛様が兵とともに首里に参られ、城下の混乱を収めておられまする。大城様は尚泰久様に至急、首里城へ御出座いただくよう申されておりまする」

「そうか……。兄上が逝ったか」

目を閉じ感慨にふけるように尚泰久が言った。主の想いに感極まるように家臣たちも、目を赤くしながらしゃがんだままの尚泰久を見つめる。

感傷などなんの足しにもならない。

静けさに包まれた広間に金丸の声が響く。

「かねてより支度は整っておりまする。さぁ、すぐに首里城へ」

すでに志魯と布里が死んで真牛が首里を守っているとはいえ、有力按司よりも先に首里城へ入城し、王位継承の正統性を十分に誇示しておかなければならない。この戦で首里城は燃えたという。その復興を推し進めることで、尚泰久の王としての立場を不動の物にし、諸国の按司を納得させるのだ。

　時はいくらあっても足りないのである。

「尚泰久様」

「わかっておる」

　答えて立ち上がった王子の瞳に涙が滲んでいる。それは血族を失った悲しみからなのか。それとも、王になれる感慨に震えてのものなのか。後者であることを金丸は望む。

「金丸」

　広間に並ぶ家臣たちの中央を進み上座にむかう尚泰久が、金丸の前で立ち止まって名を呼んだ。眉ひとつ動かすことなく、王子に頭を垂れ言葉を待つ。

「お主のおかげじゃ。お主のおかげで我は王になることができた」

　居並ぶ家臣たちにはばかることなく、尚泰久は堂々と言い切った。

　頭を垂れたままの金丸の手に、王子が触れる。金丸の手を両の掌で包み込んだ尚泰久の姿を目の当たりにして、家臣たちがざわめく。

「本当に……」

　王子が涙ぐんで言葉に詰まる。

「本当にお主のおかげじゃ」

抽んでた……。

家臣の誰よりも金丸が抽んでたことを、王子みずからがその行動によって示している。

「この恩、我は一生忘れぬ」

その言葉、忘れるでないぞ……。

心に念じながら、金丸は目を伏せ、いっそう深く頭を垂れた。

「勿体なき御言葉」

忠実な家臣の言葉を聞いて、尚泰久は何度も頭を大げさに上下させてから金丸に背をむけ階(きざはし)に足をかけた。


尚泰久は首里城へ入り、焼けてしまった城の復興にすぐさま取り掛かった。舅の真牛や駆けつけてきた按司たちにより、尚泰久は王として認められる。尚巴志王の五男という継承者としてはあまりにも望みの薄い身の上であった男は、こうして尚家第六代の王となった。

第三章　覇道

首里の北東に、西原(にしはら)内間という地がある。尚泰久が王になった後に、金丸はこの地の地頭を任された。

領主になったのである。

志魯・布里の乱の予見、そして乱収束のための献策などの功が評価されたのであった。

尚泰久が首里城に入って一年、大陸明(みん)の国の皇帝より琉球の王となることを認める冊封(さっぽう)の使者が首里城に到着し、これによって尚泰久は内外ともに晴れて琉球の王となった。

己を王と成したは金丸である。

尚泰久は誰はばかることなく、そう公言した。よって金丸は、首里城内で押しも押されもせぬ地位を得ることとなった。王の腹心として、金丸は王家の臣筆頭に昇り詰めたのである。

「久方ぶり……。いや、こうして顔を突き合わせて語らうのは初めてのことか」

首里城内の王の私室であった。石畳の床に、卓と椅子が設えられ、ひときわ豪壮なそれに王が腰を落ち着けている。卓を挟むようにして金丸が座る。声を発したのは部屋の片隅に立ったままの壮年の男だった。

男は王府には似つかわしくない地味な装束に身を包んでいた。墨染めの衣に、倭国の者が着けるような褐色の小袴(こばかま)を着け、足にはこれまた墨染めの脚絆(きやはん)を巻いている。身軽そうな恰好(かっこう)ではあるが、高貴になるほど派手な色を好む城内の中枢に立つと、その薄暗さが余計に目立ってしまう。しかし、部屋の隅にくぐもる闇に紛れていると、男のその装束は不思議なほどに馴染んでいた。

「耳目(じもく)だ」

王が言った。金丸は闇に溶け込む壮年の男を見つめたまま口を閉ざしている。耳目はその男の名であった。

「お久しゅうござる」

男の声には聞き覚えがあった。忘れようとしても忘れられるものではない。

もう十四年も前のことだ。

尚泰久が下人たちに襲われた一件を調べていた時、布里の手下たちに捕らえられて殺されそうになった。その際、目隠しをされた金丸を助け、尚泰久の元まで運んでくれた者の声がまさに、いま部屋の隅に立つ男のものだった。

「以前、この男がなにをしておるのかは聞かせてやったな。覚えておるか」

「はい」

王の問いに短く答える。あの時、尚泰久は、己の身に危険が及ばぬように働いてくれていると語った。

「我のために琉球じゅうのことを調べてくれておる。この男自身は我の身を守ることを第一の命としておる故、琉球を巡っておるのは、手下たちだ」

すでに……。

金丸は耳目の存在も、その手下たちのことも把握している。尚泰久が飼っている犬なのだ。金丸が知らぬわけがない。

「父に与えられた」

尚泰久が言った。彼の父といえば琉球統一の英雄、尚巴志である。

「末子であるお前には、残してやれる物が少ない。故に〝これ〟をくれてやろうと申されてな」

言った王が横目で耳目を見た。耳目は主の視線を感じながらも、虚空に定めた視線を微動だにさせない。

「以来、二十有余年。我のために働いてくれておる」

「ならば、志魯と布里の険悪な関係も、金福の病も、私が報せることはなかったのでは」

「もちろん、耳目からも報せてきてはおった。が、此奴は報せるだけだ。策を献ずることはない」

王は志魯と布里の相克を、金丸が報せる前から知っていたのだ。

食えぬ男だ。

が、金丸も敗けてはいない。耳目の存在は把握していたし、その口から尚泰久に情勢がもたらされることもある程度は予測していた。この王の腹の黒さなど、かねてから織り込み済みだ。

「金丸殿の献策、実にお見事でござりました」

耳目が頭を垂れる。世辞など言う男とは思えない。おそらく正直な感想なのであろう。

「これより先は、此奴たちはお主に預ける。好きに使え」

尚泰久は言って金丸にうなずく。かねてより二人の間では話ができていたのであろう。

耳目は驚く素振りも見せず、ふたたび金丸にむかって頭を垂れた。

「我は王だ。我の耳目はお主で十分じゃ。この国を動かすのはお主だ。耳目の力、お主が存分に使うのだ」

願ってもないことだった。

王の腹心という役目柄、長い間城を空けることは難しい。みずから国じゅうを見て回るなどということは不可能である。耳目のような存在がいてくれれば、金丸の脳裏で思い描いている策に血肉が通う。

それに、尚泰久が耳目の報せによって身勝手に動くことを制することができるのも好都合であった。耳目を手放すということは、薄暗いことから目を背けるということ。尚泰久は王になり、みずからの背を完全に金丸に預けたのだ。

これ以上の信頼はない。そして、これ以上の慢心も……。

王の黒き欲の闇は、王になることで消え失せてしまっていた。

「有難き幸せに存じまする」

腹心の礼に照れくさそうに笑う王は、壮年の間者に視線を投げた。

「金丸の言葉は我の言葉と心得よ。よいな」

「承知仕りました」

「ならば」

二人に割って入り、金丸は耳目を見つめ、かねてから望んでいたことを口にする。

「中城、そして勝連。護佐丸と阿麻和利の周辺をすべての手下を使って調べてきてほしい。他の地は手を付けずともよい」

る。

「護佐丸と阿麻和利だと」

眉をへの字にして不審をあらわにした王が問う。金丸は大きく顎を上下させ、王に語

尚泰久の舅である真牛は、護佐丸という名を王から与えられていた。国を、尚家を護り佐ける、故に護佐丸。剛直な武人、真牛にふさわしい名であった。が、謀などとは無縁の老武人には、真の牛という元の名のほうがしっくりくると金丸は思っている。

「尚泰久様が王におなりあそばされたとはいえ、いまだ諸国の按司の力を無視できませぬ」

諸国の按司たちが地方を治め、その租税をもって王家が保たれているという国の形がある以上、どうしても力を持つ按司の王府に対する影響は大きい。

そのなかでも建国の英雄にして尚泰久王の舅である中城の護佐丸は、諸国の按司たちから絶大な信頼と尊敬を集めていた。按司たちの尊崇の念は、この三十年あまりで五度も王が変わった首里王家に対するよりも強いかもしれない。尚巴志とともに三山統一へと導いた老将が、いまだ壮健であるということは、首里王家にとっては目の上のたんこぶであるといえた。

そしてもう一人……。

勝連半島という恵まれた地を領し、独自の交易すら行い莫大な富を蓄える阿麻和利で

ある。

この男の本来の名は加那という。先代按司に仕えていた男であったが、民衆たちにより担ぎ上げられ按司となった。その時すでに、尚泰久が王であった。

加那を按司として認めたのは、尚泰久である。もちろん、金丸の献策によって。民の信望を得ている男を反乱者として討とうとすれば、苛烈な抵抗があるのは目に見えていた。志魯と布里の戦の混乱も冷めやらぬ情勢では、勝連と事を構えることもできなかった。ひとまず加那を按司として認めることが、あの時は得策であったのだ。

阿麻和利は、勝連での圧倒的な支持を背景に、諸国の按司から頭ひとつ抽んでた存在となっている。

護佐丸と阿麻和利。

この二人の地方領主がいるかぎり、王家に対する民衆の忠誠は一段低いものとなる。この国の権力を王家に集中させなければ、完全なる統治は望めない。完全なる統治が果たされなければ、ふたたび志魯と布里の乱のような戦乱が到来することになりかねない。

「この五年のうちに、護佐丸と阿麻和利を殺します」

「なんじゃと」

王という大望を叶えた尚泰久にとって、金丸の言葉は受け入れられざるものであったようだ。

知らぬ。

こんなところで止まるようならば、金丸はこの男を王になどしていない。

「まずはその一歩として、百度踏揚(ももとふみあがり)様と阿麻和利の縁を繋がねばなりませぬ」

「ば、馬鹿な。踏揚を阿麻和利にやれと申すか」

声を荒らげ王が言った。

百度踏揚は尚泰久と護佐丸の娘の間にできた子である。その美貌は首里城随一、いや琉球随一との呼び声も高い。

「な、なぜ踏揚を勝連按司などの嫁にせねばならぬのじゃ」

「その側仕(そばづか)えとして大城を勝連に入れまする」

大城は今や王城警護の兵を統括する将となっている。その大城を、踏揚の近習(きんじゅ)として勝連に入れることは、かねてから考えていたことだった。

「大城ならば、踏揚様の身の心配はございませぬ」

「それほど危険なところなのか勝連は」

「それを調べるのです」

言って金丸は耳目を見た。

「こういう魂胆あっての頼みだ。手下とともに総出で当たってくれ」

「承知仕りました」

尚泰久の承認を求めることなく、耳目は金丸に頭を垂れた。

「とにかく、まずは耳目からの報告を待ちましょう」

「本当に……。王家にとって大事なことなのだな」

王になっても尚泰久の瞳に宿る猜疑の色は消えなかった。兄と甥を陥れて玉座を手に入れたうしろめたさからなのだろうか、近頃では面の皮も浅黒くなっているように思える。

「護佐丸と阿麻和利を殺す……。それで王家は安泰なのだな」

「私は常に尚家の安寧のみを考えております」

完全なる統治。

金丸の頭にあるのはこの一事であった。その結果、尚家に安泰がもたらされるのならば、それはそれで構わない。

尚泰久を王と成し、家臣随一の身になっても、金丸の欲は尽きなかった。若き頃、復讐という暗き情念によって目隠しされていた欲望の本質が、近頃やっと見極められるようになった。

民は虐げる物にあらず。法と律、政によって厳格に治められるべき物だ。税を納めるだけの存在として、ただひたすらに搾取され続ければ、そのなかで弱者を見つけて虐げ始める。そうして金丸は伊是名の民に虐げられ、殺されかけた。人を殺すことは罪だ。

人が集まって暮らしている場所では、絶対に犯してはならぬ罪である。厳格な法と律さえあれば。伊是名の民が厳格に治められてさえいれば、金丸は殺されそうになることはなかった。島を追われることもなかった。

あの時、殺意で目を真っ赤に染めながら金丸を殺そうとしていた者たちの刃を奪うため、民を厳格に支配するため、揺るぎなき王権が必要なのだ。

それが。

金丸にとっての民への復讐なのだ。

揺るぎなき王権の障害となる者は、なんとしても排除する。

己が復讐のために。

「信じておるぞ金丸」

卓に手を突き身を乗り出す王に、金丸はうなずいてやった。

城から屋敷に戻ると、懐かしい顔が金丸を出迎えた。彼を居間で待たせ、水浴びをし軽い衣に着替え、食事の用意が整ったという家人の報せとともに、再会した。

「何年ぶりになるか」

「十五年になります」

白い飯が山盛りになった椀を見つめ、若者が言った。

「いくつになった」

「二十七に」

「そうか、もうそんな年になるか」

金丸は四十一になっていた。十五の時に生まれた弟が二十七になる。それだけの歳月が流れていることに、今更ながらに驚く。

「待たせたな宣威」

「いいえ」

屋敷の者に用意してもらったのであろう。着慣れぬ真新しい芭蕉布の衣に包まれた青年の躰は、布の上からでもわかるほどにたくましかった。兄である金丸が恥ずかしくなるほどに、褐色に焼け、隆々と盛り上がった体軀は、雄そのものである。

「別れた時は十かそこらであったな。まだ私より小さかった」

「はい」

山盛りの飯を見つめたまま、宣威が寂しそうに答える。

「ささ、食え。どれだけ食ってもなくならぬから心配するな」

「はい」

素直な童であった。兄がなにを言ってもケラケラと笑う、明るい子供であった。そんな弟もいまや二十七。屈託のひとつやふたつあるのは当たり前だ。

「姉様は来ませんでした」

料理に手を付けず、兄を見もせずに宣威がつぶやく。

尚泰久の言い出したことだった。

冊封使を迎え入れ、名実ともに王となった尚泰久はみずからの腹心である金丸の身元を調べた。伊是名島から逃れた際にともに逃げた妻と弟が、奥間にいることを調べ上げた尚泰久は、首里に呼んでやれと金丸に命じたのである。

余計なことを……。

したり顔で家族を呼べと言った王に、殺意にも似た怒りを覚えた。

忘れていたわけではない。政に邁進する日々を、家族より優先させただけ。いまでは伊是名島でみずからを殺そうとした者たちの顔すら、必死に思い出さなければ白い靄にかすんでしまっている有様なのだ。金丸はそれほど、政に没頭しているのである。

王に命じられるまま、金丸は王が調べてきた在所に使いを送り、妻と弟を首里に呼んだ。

しかし。

屋敷で待っていたのは宣威だけだった。

「驚きました。別れも告げずに去った兄様が、首里で大層出世なされておると聞いて……。あれから十五年。もう兄様にお見せできるような姿じゃないと、姉様はそう申されて、一人で奥間に残ると……」

「そうか」

弟に答えながら、金丸は脳裏に妻の顔を思い出そうとする。目鼻立ちが地味な女だったのは覚えている。笑っても泣いても同じような顔だった。

どれだけ思い出そうとしても、妻の顔はのっぺりとした肉の塊でしかない。

「遅い……」

弟が鼻をすする。

「遅すぎました兄様。姉様のお心は兄様から離れておりまする。十五年です……。私も一人前になった。姉様とは別々に……」

「そうか。男ができたか」

弟は答えない。

無理もない。

十五年という歳月は、音沙汰のない夫を待つには長すぎる。どこに行ったのか、生きているのかもわからぬ男を待つほど、女の生は長くはないのだ。宣威も大人になり、一人になれば、頼る男を求めるのは自然の道理であろう。申し訳ないとは思う。思うが、それまでだ。いまだ金丸の宿願は道半ば。完全なる治世を琉球に到来せしめるためには、やらなければならぬことが山ほどある。妻の想いに気を留めているような余裕などない。

嫉妬などという感情は湧いてこなかった。半ば忘れていた縁なのだ。

「済まぬ」

それだけしか言いようがない。

「これより先、奥間の鍛冶屋には十分な手当を送る」

もちろん妻の食い扶持もである。金には困らない。これまでの感謝と贖罪の念を示すには、金しかなかった。

「お前はここで暮らせ。よいな」

「姉様に、帰ってきてはならぬと言われました。兄様をお支えいたすのです、と……」

「そうか」

弟がふたたび鼻をすする。

「じきに王に目通りをし、私の弟として恥ずかしくない役職を与える。はじめは慣れぬであろうが、懸命に……」

「兄様」

金丸の言を弟が遮る。

「なんだ」

言葉をうながすと、目を赤く染めた宣威が兄をにらんでいた。

「兄様はいつもそうです。私たちにはなにも知らせてはくれぬ。十五年も待たせておいて、いきなり呼びつけて、弟として恥ずかしくない役職を与えるなどと……。身勝手だ。あまりにも身勝手すぎまするっ！」

「それが私だ」

弟の激情に応えてやるような情動など、金丸にはいっさいなかった。

無理もない。

その一語に尽きる。どれだけ責められようが、妻に男ができようが、無理もないのだ。待たせた。いや、捨てたのだ。怒るのが道理である。

「そ、それだけでございますか……。十五年待たせた理不尽も、兄様は兄様だから許せと言うのですか。私や姉様のことなど、兄様はなんとも思うておられぬのでしょう」

「そんなことはない」

「口ばかりじゃ……。いつも兄様は口先だけ……」

信じられぬといった様子で、弟が力なく首を振る。

「どれだけ責めてくれてもよい。それだけのことを私はお前たちにした」

がくりと肩を落とした弟がうつむく。

「もういい……。もういいです」

そう言って弟は笑った。

「これから先は何不自由ない暮らしをさせるつもりだ。懸命に仕事を果たせば、出世もできる」

「ありがとうございます」

これ以上の問答を拒むように礼を述べた弟の冷めた口調に、言い知れぬ壁を感じる。

「しばらくゆっくり休め」

食事もそこそこに、金丸は立ち上がった。耐えられなかったのだ。弟と二人の食卓に。

立ち去る兄を、弟は引き攣る頰を笑みにゆがめながら見送った。


その男の周りには常に輪ができていた。

首里城を訪れ、王との謁見を終えると、決まって男を按司や官人たちが取り巻く。そして、その輪からは絶えず笑い声が聞こえてくる。その朗らかな雰囲気が、王城にふさわしいものとは思えず、金丸はいつも輪から逃げるように広間から退室していた。

目障り、耳障り、癪に障って仕方がない。

輪の中心で誰よりも笑う男も。

彼を取り巻く者たちも。

だから今日も、金丸は輪の脇を通り抜け、そそくさと開かれた扉のほうへと急いだ。

「待たれよ金丸殿っ」

汚らわしい声に呼び止められ、仕方なく足を止めた。

振り返る。

あの男が輪を掻き分けるようにしながら駆け寄ってくる姿が見えた。

金丸よりもふた回りほど大きな体軀を揺らし、翁が駆けて来る。

「真牛殿」

金丸は男の名を呼んだ。

「よかったよかった、気付いてくれて。屋敷を訪れるほどのことでもなかったからのぉ。がはははははは」

いまの言葉のどこが面白かったのか金丸にはいっさい理解できなかったが、とにかく真牛は豪快に笑いながら扉の前に立つ金丸の背に手を添えて、広間の端へといざなった。

中城の長である真牛は、建国の英雄である。

北山、中山、南山と三つに割れていたこの国をひとつにまとめ上げた尚泰久の父、尚巴志に仕え、北山を滅亡へと追いやった今帰仁城での戦において、難攻不落の城を落とすという大功を立てた。それ以降も尚巴志に従い、南山の滅亡、中山による琉球統一という偉業をともに成し遂げた。尚巴志をはじめ、建国の功臣たちが次々とこの世を去っていくなか、今帰仁城攻落という押しも押されもせぬ武功を携え、建国の英雄と呼ばれるにふさわしい真牛が、老いてなお壮健であることは、武を好む按司たちにとって憧憬の的となっていた。

三山が統一されたのは、尚泰久の父の頃のことなのである。統一されたとはいえ、諸国の有力者である按司たちの権力はいまだ絶大であった。支配地を持ち、民を直接治める按司たちの承認がなければ、王が実権を持つことはできない。自然、有力按司たちの力は強くなる。

その筆頭が真牛であった。

真牛の娘は尚泰久の妻である。その間にできたのが、百度踏揚であった。尚泰久が愛してやまない娘は、真牛の孫なのである。

王家と血縁を持ち、己自身が建国の英雄である真牛は、自他ともに認める王国の要であった。そんな真牛を慕う按司や官人も多い。真牛が王に歯向かうことになれば、この国がふたたび割れることにもなりかねない。それだけの実力を、この年老いた按司は有しているのだ。

「聞いたぞ金丸殿」

背後で見守る按司や官人たちに気兼ねするように、金丸に顔を寄せて真牛がささやく。が、地声の大きさが災いして、ささやき声すら周囲に漏れている。

真牛本人は気付いていない。

老いか。いや、そういうがさつな男なのだ。

吐き気がする。

前のめりになって背丈の差を縮めようとする老人の顔を冷然と見つめながら、金丸は重い唇を開く。

「なんのことにござりまするか」

「我が孫を阿麻和利に娶(めと)らせると、其方が王に進言しておるらしいな」

尚泰久だ。

あの気弱な王が漏らしたのだ。

何故……。

よりによってこの男に漏らすのか。

苛立ちが込み上げるのを必死に堪えながら、金丸は声を震わせることなく答える。

「その通りです」

「何故」

ぐいぐいと顔を寄せてくる老按司の頬を押し退けたい衝動に耐えながら、言葉を連ねる。

「勝連には、琉球において那覇と並ぶ良港がありまする。阿麻和利殿は先代の按司から受け継いだ港を円滑に運営し、莫大な富を築いておりまする」

「抱え込むということか」

金丸はうなずきで応える。

阿麻和利……。

この男も、真牛と同等に目障りな存在である。

真牛に語った通り、阿麻和利が支配する勝連は島の東に位置しており、倭国と明国の交易において非常に寄港しやすい。一方、島の西方に位置する那覇の港は、首里を訪れるか、琉球との交易をするために船を寄せる商人の利用が主であった。

阿麻和利は、勝連に寄港した倭国や明国の商人たちに水や食料を提供するだけではなく、細工物に使う夜久貝(やくがい)などを売って利益を得ているという。

利は力だ。

勝連按司、阿麻和利の元には今、交易を後ろ盾とした絶大な力が蓄えられている最中である。

名誉と羨望により按司の心を引き付ける真牛。

銭と実力により諸国の按司に抽んでる阿麻和利。

絶対なる王権による静謐(せいひつ)なる統治を画する金丸にとって、両者ともに不倶戴天(ふぐたいてん)の敵であった。

「儂は阿麻和利という男が好きでな」

顔を寄せたままの老人が言った。老いて黄色くなった目が弓形にゆがみ、目じりに深い皺を刻む。

「在奴(あやつ)は良い。清々(すがすが)しい気をしておる」

知ったことではない……。

喉まで出かかった言葉をなんとか呑み込み、金丸は小さくうなずいた。肯定の意味ではない。ただの相槌だ。

「あの男はかならずや、王の力となる。今のうちに取り込んでおいて損はない」

「それでは真牛殿は、踏揚様の輿入(こしい)れを承服なされるおつもりですか」

「金丸殿の策。妙策じゃと王にも申したばかりよ」

誰から聞いたかを披瀝(ひれき)したことに気付いていない老武人の愚かさに失笑を禁じ得ない。

妙策……。

どうやら尚泰久は、この策の真意まではさすがに舅に知らせてはいないようだ。

当たり前だ。

踏揚の輿入れは王府に立ちふさがる二つの障壁を取り払うための布石なのである。

真牛はみずからの首を絞める策を、承服したことに気付いていない。

「踏揚のこと、頼んだぞ」

真牛が金丸の肩を何度も叩く。みずからの馬鹿力が、どれほどの痛みを相手に与えるかをまったく気にしていない。息が止まりそうになりながら、金丸は顎を大きく上下させ、承服の意を愚かな武人に伝える。

「待たせたな。がはははは」

背をむけて、待たせていた男たちに手を振りながら老武人が去ってゆく。

「待っておれ……」

憎しみに満ちた声は、真牛の耳には届かなかった。

「いなかったとは、どういう意味だ」

伊是名島から戻って来た者からの報せを受け、金丸は細い眉を吊り上げる。

「ご指名の者を島長（しまおさ）たちに召し出すよう命じたのですが、死んでおったり、島から離れて行方知れずになっておったり。誰も島にはおらぬとの返答でございました」

「そんなわけがあるか」

不満をあらわにした金丸の声を聞き、目の前の男が身体をこわばらせる。

十人以上の名を金丸は連ねた。

この者たちを首里へと召喚せよ。

そう命じた。

名を挙げたのは、十八年前、島を追われたあの夜、金丸を追う群衆のなか、はっきりと顔を確かめることができた者たちである。

尚泰久を王と成し、その第一の側近となった。今こそ、かつての恨みを晴らす時。どれだけ怒りの情念が昔の思い出になろうと、己へのけじめだけはつけようと思った。

いかなる手段をもって、彼の者たちに報いるか。まずは首里城に呼び、詰問することから始めようと、金丸は伊是名に使者を送ったのだ。

それがどうだ。

挙げた者すべてが、島にいない。そんな返答を受け入れることなどできるはずもない。

「お前はそんな言い訳を鵜呑みにして帰ってきたのか」

「はい」

「どうした」

頬を引きつらせて、なにかを隠そうとしている男に、金丸は淡々と問う。

「島長は……。隠しておりまする」

「当たり前だ」

名を挙げた者のなかには、島の若き男たちを束ねている顔役のような立場の者もいた。十八年経った今、その男はそれなりの者になっているはずである。島を離れて暮らしているとは思えなかったし、死んだとも思えない。よしんば一人二人は死んでいたとしても、すべての者が島から消えているわけがない。

「隠しておると知りながら、何故戻って来た。首里王府直々の命なのだ。隠し立てなどすればどうなるか、島長もわかっておろう」

王の名の元に、金丸が命じた。それはつまり、王府の命である。みずからの復讐のために、金丸は王の権威を利用することができるまでになったのだ。

「誰も知らぬと申しております」

「隠し立てして開き直るつもりか」

「違いまする」

「なにがだ」

「金丸という男は、この島にいなかった。そう申しておりまする。故に追い出しなどしておらぬと……。島の誰に聞いてもよいと言って、島長は強硬に我らを退け、一歩も引きませぬ」

「嘘じゃ」

「わかっておりまする。が、あのまま責めておれば、我らは夜のうちに……」

なにかを思い出したかのように、男が身震いした。

殺されていた。と、いうことか。嫉妬で家族もろとも金丸を殺そうとした者たちである。役人を殺さないとも限らない。

「命惜しさに帰ってきたか」

「お許しを……」

金丸などいなかった。伊是名の者たちにとって、それは半ば本音なのだろう。

島の者たちが口裏を合わせて、いなかったと主張すれば、金丸が伊是名で暮らしていたという証は立たない。証拠になるような物などなにもないし、親から受け継いだ田畑も家も、十八年も前に放って逃げ出したのだから、残っているはずもない。

伊是名島から流れてきたことは、王も知っている。証拠などなくとも、強硬に島長たちを責めれば、王も金丸の言に耳を傾けるだろう。

聞いてもらい、金丸を殺そうとした者たちに縄を打ち、首里城まで引きずってきて、果たして……。

どうするというのか。

全員の首を刎ねるのか。それで、金丸の恨みは晴れるのか。

「戻れ」

「は」

「もうよい。今回のことは忘れろ」

首をすくめ恐れを総身から滲ませながら、男が金丸の部屋を辞する。

「よいのですか」

一人きりになると、すぐに背後から声が聞こえてきた。

耳目だ。

「なにがだ」

闇を見ることなく、眼前の虚空をにらみつけたまま、金丸は問う。

「焼けとお命じくだされば、島を火の海にいたしましょう。島長の嘘を暴くことも、隠し立てしておる者たちを皆殺しにすることもできまする」

王の権威だけではない。いまの金丸には耳目とその手下たちという薄暗い力もある。耳目が言う通り、彼らに命じれば、大義名分などないままに伊是名島に災厄をもたらすことも可能なのだ。

証拠など必要ない。

殺れ……。

そのひと言で、金丸の恨みは晴らすことができる。

「もうよい」

闇に告げる。

「伊是名など知らん」

なにかが胸の奥で音を立てて崩れ落ちた。

なにも変わらない。

金丸は金丸のまま。

心に宿る欲という名の闇は深い。

虐げられた怒りなど、とうの昔に収まっていたことは百も承知だった。そんな自分をどこかで認めたくなかった。認めたくなかったから、島に使者を送った。

だが……。

「私の欲は復讐などという矮小な衝動で晴れるような物ではなかったらしい」

伊是名島に金丸という男はいなかった。そう島長が言ったという事実を聞き、島との縁が切れた時、目の前を覆っていた復讐という名の霞がきれいさっぱり消え失せたような気がした。

清々しい心地であった。

これで迷いなく、すべての民に静謐な支配を布くことができる。

島長は王府からの使者と知りながら、平然と嘘を吐き、死をちらつかせて使者をおどした。つまり、それほどに王権は末端では軽んじられているということだ。

足りぬのだ。

力が。

「まだ道半ば……。復讐などにかまけておる暇などない」

「それでこそ金丸様かと」

「無駄口を叩くな。もうよい、消えろ」

耳目の気配が失せる。

「まだだ……。まだ終わらん。いや、これからだ」

尚泰久の娘が阿麻和利の妻となることに決まった。尚泰久は金丸の献策を受け入れ、娘の警護役として大城を勝連城へ送ることに決めた。

「これは私が昔から使っている男だ。琉球じゅうにみずからの手下をばらまき、私に様々なことを教えてくれている」

椅子に深く座り、金丸は己を見下ろす大男に言った。金丸の背後には、闇を常とする男が主を守護するように立っている。

「耳目だ」

金丸は、側に侍る男を肩越しに見る。みずからを紹介されているというのに、男は指一本動かさない。大城を見つめたまま、じっとしている。

そんな耳目を、大城もまたにらんだまま動かない。

「これからはこの男の使いが、お前に接触することになる。耳目の使者は私の名代だ」

越来城で馬の世話を生業にしていた男が、いまでは護佐丸と肩を並べるほどの武人になった。鬼大城という名を、首里で知らぬ者はいない。人というのは不思議なもので、名を上げればそれなりの顔付きになってゆくのだと、目の前の武人を見ていると実感する。越来で初めて会った時は、幾分緩みを持っていた面の皮が、覇気に満ちて引き締まり、金丸を見下ろす瞳には自信の光が充ち満ちている。

「わかったな」

無言のままの武人に念を押し、金丸は眉根に皺を刻む。武人としての矜持(きょうじ)が、鬼大城に不遜な態度を取らせているのは目に見えていた。

不満なのだ。

首里を追われ、勝連へ行くことが。

「この者の使者であることを、某(それがし)はどうやって知ればよいのでしょう」

声を荒らげ、不満をあらわにするような愚かな真似はさすがに大城もしなかった。

「心配するな。わかるように近づいて来る」

「某はなにを語ればよいのでございますするか」

「勝連城内のすべてだ」

大城の太い右の眉がぴくりと震えた。どうやら本当の役割を悟ったようである。

武人である己を間者のように使うつもりか……。

自信に充ち満ちていた大城の瞳に怒りの炎が宿る。

「その耳目という男の手下たちは琉球じゅうに散らばっておるのでしょう。某などが報せずとも、勝連城内に忍び込ませた者から直接聞けばよろしいでしょ」

「舐めておるのか私を」

反吐(へど)が出る。

武人の矜持など知ったことではない。怒りをあらわにするなら勝手にすればいい。もしも、この場で大城が刃をちらつかせたとしても、金丸は己の理を曲げるつもりはない。阿麻和利を殺すために、かならず大城を勝連城に入れ、内情を調べさせるのだ。

「鬼大城よ」

大城は黙ったまま言葉を待っている。

「今度の踏揚姫と阿麻和利の婚姻は何のためにあると心得ておる」

「首里と勝連の絆をより強固な物にするためにござります」

あまりにもまっすぐな答えに、金丸は思わず鼻で笑ってしまった。本当にこの男は裏がない。そして、物事の裏を見る力もない。

「その程度の了見で、よう鬼大城などと呼ばれ胸を張っておれるものよ」

「無礼ではございませぬか」

「無礼とは目上の者が目下の者に使う言葉ぞ」

覇気をこめた大城の言葉にも、金丸は動じない。

わからせてやらなければならぬのだ。

愚か者に、言葉の刃で。

「今回の婚姻の要は、お前なのだぞ鬼大城」

どうして百度踏揚と阿麻和利の婚姻が己のためにあるのか。大城はまったく理解できていない。踏揚の従者として勝連へ行くことは、王が己を信頼してくれているからだと心底信じきっているようだった。溺愛している踏揚のことを任せられるのは、鬼大城しかいない。尚泰久がそう思っているからこそ、大役を命じてくれた。その程度の了見しかないのだ。

「首里と勝連の絆だと。笑わせるな」

金丸は吐き捨てる。

「なぜ某が」

昂る感情を必死に押しこめるようにして、大城が震える声を吐きだした。動揺のせいで声がかすれている。

「金丸様。これ以上の無礼には……」

「耐えられぬと申すか」

耳目の肩がわずかに持ちあがる。あまりにも小さな動きだったが、大城が即座に金丸から目を逸らして老間者へと視線を移した。このあたりはさすがに護佐丸と並べられる武人である。

だが、足りない。

大城にひとまわりもふたまわりも体格で劣っている耳目であるが、徒手での組打ちを得意とする。黒い衣の裡にはいくつもの刃物を隠しているはずだ。大城が怒りに任せて拳を振り上げれば、たちまち耳目に取り押さえられてしまうだろう。下手をすれば死ぬことにもなりかねない。

大城が目を閉じ、腹の底まで息を吸った。ゆっくりと吐くのに合わせて、瞼を開いてゆく。

どうやら、己が不利であることを悟ったらしい。観念するように笑みを見せると、大城は金丸に視線を移した。

「お教えいただきたい。今回の姫の婚姻が、何故某のためだと申されるのか」

そうして深々と頭を下げる。

「お頼みします。何卒お教えいただきたい」

馬鹿正直であるが故に、観念すると潔い。この、軽やかさは武人として好ましいと金丸は思う。命に忠実であり、愚直で即座に腹を据えることができる。そういう男は、使い勝手が良い。

金丸は穏やかに大城に告げる。

「城の隙、人の隙。阿麻和利がなにを考え、なにを好み、いかなることを嫌うのか。つぶさに探るのだ」

「金丸様は首里と勝連の仲をどうなされるおつもりなのです」

「お前が気を揉むことではない」

「もうひとつだけお教えいただけませぬか」

　無言で顎を上下させ、武人の問いをうながす。

「姫と阿麻和利を夫婦にせんとお考えになられたのも金丸様なのでしょうか」

「無論」

　大城が息を呑む。が、それ以上なにかを言おうとはしなかった。

「己が役目、しかと胸に刻み込んだか」

　深々と辞儀をした大城の顔が怒りで紅潮している。

「下がれ」

　武人の不躾な怒りを無視しつつ、金丸は部屋の扉を顎で示す。背をむけた大城の肩が、かすかに震えていた。

＊

　最後に王の自室で語らい合った時のことを、金丸ははっきりと覚えている。

　あれから二年もの歳月が経っていた。

　護佐丸を討つ。

　そう言った金丸を、尚泰久は汚れた物を見るような目で見ていた。

あれから一度も王の自室を訪れていない。

金丸のほうでも面会を求めることはなかった。語らわずとも首里城は平穏であったし、琉球は何事もなく治まっている。金丸は朝議には出席しており、気の小さな尚泰久は、人前では以前と同様に接してくるから、二人の変化に誰も気付かない。

勝連からは相変わらず、十分過ぎるほどの貢物が運ばれている。王の懐も潤っていた。それで十分だと思っている尚泰久を、ことさらに刺激する必要はなかったのだ。

朝議の席で王から声をかけられることはない。それでも金丸は首里城に残っていた。出奔する理由がない。

王の腹心という地位を失うつもりは、金丸には毛頭なかった。するつもりもない。

「金丸様」

昼だというのに仄暗い自室の椅子に腰をかけると、部屋の隅から声が聞こえてきた。

「来ていたのか」

金丸は闇がくぐもる天井と壁の境を見つめて、耳目に言葉を投げた。

「私を見限って王の元へ戻るか」

もともと尚泰久に与えられた男である。王に遠ざけられた今、己の元を去ったとしても、咎めはしない。

「お許し願えるならば、このままお仕えいたしたく存じまする」

「何故だ」

「人を統べるに必要な物、それは」

珍しく耳目が答え以外の言葉を吐いた。

「闇にござります」

耳目が続ける。

「人は奇麗事では生きてゆけませぬ。人は己よりも優れる者、富んでおる者を羨みまする。腹が減れば飯を食い、女が欲しければ犯しもする。金がなければ殺めて奪うこともございまする。欲のない者などおらぬのです」

「欲は闇だ……」

金丸も常々そう思っている。

「闇がなければ人は生きてゆけぬ。欲にまみれた民を統べる者が、闇を背負わずにおれるわけがない。民を統べる者は、誰よりも濃い闇をその身に纏う者でなければならぬのです」

ここまで熱を帯びた口調で長々と語る耳目を、初めて見た。触れたことのなかった耳目という人間の本質が、あまりにも己に似ていることに驚いている。

欲がなければ人は生きてゆけぬ。闇を背負わなければ民の上には立てぬ。

その通りだ。

「島を追われ、民に疎まれ、人を憎み、王の懐刀にまで昇りつめた金丸様は、誰よりも濃い闇をその身に纏われておられまする。そは、王の子として生まれたお方には決して身に付かぬ闇にござる」

纏いたくて纏った闇ではない……。と、喉まで出かかったが、金丸は言葉を呑み込んで続きを待つ。

「某は金丸様にお仕えしとうございます。金丸様はこの国になくてはならぬお方。そしてゆくゆくは……」

「皆まで言うな」

「王は金丸様を城から放逐するおつもりです」

「わかっておる」

「王はみずから手を下すことのできぬお人。このまま自然と皆に悟らせ、金丸様がみずから城を出るよう仕向けるつもりでしょう」

「甘い男だ。どこまでも」

「どのようなことでも命じてくださりませ。お望みとあらば、あのお方の命であろうと……」

王を殺す。

金丸のために。

これ以上の裏切りの言葉はない。

「私と手下たちを手足とお思いくだされ」

耳目がいる。王と敵対することも厭わぬと言う。

ならば、できることがある。

「護佐丸を搦めとり、王を骨抜きにする」

「できますか」

うなずく。

「あの男には一度、思い知らせてやらねばならぬのだ。この国がまだまとまっておらぬということを。本当に必要なのが誰なのかということをな」

「王の腹心としての信用の回復。それが金丸様の望みにござりますか」

「目指す場所はひとつだ。そしてそれはまだ遥か遠い行く末にある。王の信頼をふたたび勝ち取ることも、辿り着くべき場所へむかうために必要な一手だ」

耳目の裏切りが、王に遠ざけられた金丸に新たな力を注ぎ込む。

「手足になるという言葉忘れるな」

「なんなりと仰せくださりませ」

闇を糧に生きる二匹の獣は、薄暮に沈む部屋のなかで互いを見ることなく笑った。

耳目との密約からひと月も経たぬうちに、尚泰久からの使いが来た。

至急、広間に来るように。

それが命であった。

勝連から阿麻和利の使者が来たという報せは、金丸の耳にも届いている。

護佐丸に謀反の疑いあり……。

阿麻和利の使者である屋慶名(やけな)の赤(あか)の口から、王はその事実を知らされたはずだ。王と、その側近たちは今ごろ、顔を真っ青に染めあげて声を失っていることだろう。

疑われているのは建国の英雄だ。

志魯・布里の乱の際、逃げ回ってばかりいた高官たちに、護佐丸が決起すると聞いて平静でいられるような肝の太さを持っている者などいない。結局、尚泰久は金丸を頼るしかなかったのだ。

すべて目論見(もくろみ)の裡だ。

護佐丸を裏切った中城の武士を耳目の手下に手引きさせ、護佐丸謀反という報を勝連にもたらす。踏揚を娶った阿麻和利は、首里王家に恩義を感じている。なによりもまず尚泰久に報せてくるはずだ。知らされた尚泰久は、護佐丸の脅威に恐れ慄く(おののく)。平時に心地よいことしか言わない文官たちは、非常時にはなんの役にも立たない。謀に通じている金丸を、尚泰久はかならず欲するはずだ。

そして、王は本当に必要な者が誰かを痛感することになる。

金丸が耳目にやらせたのは、護佐丸謀反の虚報を阿麻和利に伝えさせたことだけだ。

その一手のみ。

金丸が放った小さな石は、坂を転がる間に次々と新たな石を巻き込んでいき、巨石へと変じて首里城へ戻って来た。

広間へと続く廊下を静かに歩む。石畳の硬さを一歩一歩踏みしめながら歩む。扉の両脇を守る下級役人たちが、久方ぶりの金丸の姿を驚きの顔で見ている。愚か者たちを無視して広間へと通じる戸の前に立った。いっさい声をかけない。忘我の境地から目覚めた右方の男が、扉に手をかける。

「かっ、金丸様にござります」

室内に響き渡るように声を張り、男が扉をゆっくりと開く。

開かれた扉を抜け、金丸は上座の階めがけてゆるゆると歩む。広間の左右に、色をなくした高官たちの顔が連なっていた。その呆けた顔の群れを視界の端に捉えながら、金丸は淡々と歩む。目は一点に注がれていた。階の上の玉座だ。

尚泰久の求めにどう応じるかで、城内での己の価値が新たに定まることになる。

高く買わせなければ意味がないのだ。

「金丸よ、待っておった」

玉座から腰を浮かせて、尚泰久が言った。

焦るな……。

金丸は心中で王に語りかける。王が臣に声をかけるには、あまりにも離れすぎていた。階の袂で頭を垂れている屋慶名の赤にすら、金丸はまだ辿り着いていない。それでも声をかけずにはいられないほど、尚泰久は焦っているのだ。

どこまでも小心な男である。追従の笑みを浮かべるだけしか能のない愚か者どもに囲まれ、不安で不安で仕方なかったのだ。金丸の姿を見た瞬間、抑えていた不安が爆発し、歓喜の感情が言葉となってほとばしったのだろう。

哀れなり……。

口の端が吊り上がりそうになるのを堪え、歩を進める。

金丸は玉座を見つめ、階の袂を目指す。己が立ち位置に定まってからでも遅くはない。それまでは尚泰久の声には応えなくてよい。金丸が歩みを進めるたびに、尚泰久の顎が微妙に上下していた。まるで餌をお預けされた豚のようだった。

二人を官人どもが固唾を飲んで見守っている。

金丸という男がどれだけ王に望まれているかを存分に見せつけてやるために、一歩一歩丁寧に歩みを進めてゆく。

片膝立ちで頭を垂れている勝連の使者の脇を通り過ぎた。

阿麻和利の腹心、屋慶名の赤である。

顔を伏せたままの赤は、金丸を見ようとはしなかった。礼を失しない程度の教養はあるらしい。

足を止める。最前にいる役人のわずかに前に立った。両の踵をそろえ、背筋を伸ばした。腰からゆっくりと曲げて、深々と頭を垂れる。

「金丸にござります」

二年ぶりに王に語りかけた。

三日に一度は尚泰久の居室で語り合っていた頃は素直に吐けていた言葉に、見えない棘が混ざっている。己が声に得体の知れない嫌悪があるのを金丸は感じた。懐かしいなどという感慨はいっさいなかった。ふたたび王に求められたという快感もない。

すでにこの男を見限っているのだ。

名乗った瞬間、金丸は己の心の変貌を実感していた。

「護佐丸が謀反を企てておると阿麻和利より報せを受けた」

うろたえるのも大概にせよ……。

喉まで出かかった言葉を呑み込み、金丸は赤へと視線をむける。阿麻和利の忠臣は、顔を伏せたまま動こうとしなかった。

「護佐丸の従者が勝連に逃げてきた。それで阿麻和利はすぐにこの者を遣わしたのじゃ」

玉座から赤を指さす手が震えていた。金丸は尚泰久を見上げながら口を開く。

「私めになにをお望みで」

「どうする」

涙目だ。金丸は青ざめた家臣たちの顔を睥睨するように左右に首を振る。群臣たちは怯えきった目で、金丸を見ている。

下郎めらが……。

愚か者どもから目を背け、王を見上げた。

「これだけの有能な方々がおられるのです。私の意見など聞かずとも宜しゅうござりましょう」

「お主でなければならぬのじゃ」

そう……。

この言葉だ。

この言葉を引き出すために、存分に王を焦らせたのだ。

尚泰久の猜疑心は人並み外れて強い。本来なら、護佐丸を討つべきであると散々言ってきた金丸の関与を疑ったはずだ。金丸が罠を張ったのではないかと、口にはせぬが思う。その想いは言葉の端々に垣間見える。意見を求めながらも、探りを入れてくる。いや、昔の尚泰久ならば、一度遠ざけた金丸に意見を求めることすらしなかっただろう。目の前の尚泰久は抜け殻なのだ。安穏とした暮らしに骨抜きにされた、数年前まで人であった何かである。

護佐丸が謀反を起こす。恐ろしい。家臣たちは当てにならない。金丸の意見を聞きたい。呼べ……。いまの尚泰久の頭のなかは、その程度の理で動いているのだ。

ただの童である。

そんな男に己が敗けるはずがない。

「早う手を打たぬと護佐丸が攻めてくる」

怯えて震える声で尚泰久が言った。一度手に入れた玉座を失いたくない。それしかこの男の頭にはないのだ。

哀れな男から目を逸らすように、金丸は赤へと視線をむけた。

「たしか屋慶名の赤と申したか」

顔を伏せたまま赤がうなずいた。

「護佐丸殿の謀反。信ずるに足る話なのか」

「我らが得ているのは護佐丸殿の従者の話のみ。中城に間諜を送るわけにもゆかず、主も判断に窮しております」

赤から目を逸らし、王を見た。

「実は」

尚泰久を見上げて口を開く。肘かけに掌を置いて前のめりになっている王は、固唾を飲んで金丸の言葉を待っている。

「我が手の者も数か月前より、護佐丸殿の不穏な動きを捉えておりまする」

家臣たちがざわめき始める。

「手の者とは」

哀れな王が問う。

「越来からの古き手下にござりまする」

それで王にはわかるはずだ。遠い昔にみずからが与えた男のことである。

「何故、これまで黙っておった」

「いつ朝議があるかも知りませなんだ故」

尚泰久が目を伏せ、金丸の視線から逃れた。

「ゆ、許せ」

背板に躰を預け、王がつぶやく。家臣たちのざわめきは続いている。だからといって金丸と尚泰久の会話に割って入るような肝の据わった者もいない。

もはやこの広間は完全に金丸の掌中に堕ちていた。王を責めるのはほどほどにして、本題に戻す。

「護佐丸殿の動き、事実と見て間違いないと思われまする」

「どうする金丸」

「謀反人は討たねばなりませぬ」

　ざわめきが止んだ。

「あの護佐丸を相手にして勝てるのか」

「阿麻和利殿から報せを受けたのは、僥倖にござりました」

　赤が頭をあげて金丸を見た。が、金丸は赤を見ない。視線を王にむけたまま語る。

「護佐丸殿は謀反を企てている以上、狙いはこの首里城。備えは南にむいておるはず。勝連城に、背中を晒していることになる」

　赤が驚きと戸惑いの眼差し(まなざし)をむけてくる。無視を決めこみ、続けた。

「阿麻和利殿に、夜陰に乗じ中城に奇襲をかけていただきまする。闇を利して背後から夜襲をかければ、いかな護佐丸殿とて耐えきれはいたしますまい。よしんば耐えられたとしても、首里からも兵を出し、南北から挟みまする」

「それがよい！」

　ついに尚泰久が立ち上がった。

「勝連の使者よ」

王は赤の名を知らないようだった。

「すぐに勝連に戻り、阿麻和利に伝えよ。中城を攻めよとな」

赤が口ごもる。

「わかったか」

威圧に満ちた声が、赤の頭を床に押す。

「承知いたしました」

阿麻和利の片腕は口を固く閉じながら、圧に敗れて頭を深々と垂れた。


中城で火の手が上がったのは、それから間もなくのことであった。詰問のために開門を求める阿麻和利の使者を護佐丸は拒否。両者は干戈(かんか)を交えた。城を取り囲む勝連の兵に屈した護佐丸は、みずから命を絶って、潔白の証を立てた。

この功と王の娘婿という立場によって、阿麻和利は琉球随一の按司へと昇り詰めたのである。

そして、金丸はふたたび尚泰久の信頼を取り戻した。

みずからの策によって。

しかし……。

金丸の描いた絵図を完成させるためには、まだやらねばならぬことがある。まだ、道半ばなのだ。

「大城に告げよ。時は満ちたと」

金丸は耳目に命を下した。

かねてより、勝連城の大城との連絡に耳目の手下を使っていた。すべてはこの時のためにである。

阿麻和利と百度踏揚の仲が思わしくないことは、大城から伝え聞いていた。どうやら尚泰久は、金丸に内密に、みずからの娘に言い含めていた節がある。

阿麻和利との縁は仮初め(かりそ)の物だ。数年のうちにかならず首里に戻してやる……。

そのようなことを言い含めたうえで、勝連に送ったようだとは、耳目の言であった。

姫が、納得しなかったらしい。

下賤(げせん)な身の上でありながら先代の按司を討ち、勝連の按司となった成り上がりの阿麻和利がみずからの夫になることが、百度踏揚にはどうしても腑(ふ)に落ちなかったのだという。気位の高い娘であるとは思っていた。その美貌を鼻にかけていたのも金丸は知っている。父王の政の道具になることを拒んだのか、それとも阿麻和利という男が気に食わなかったのか。とにかく王の娘は、尚泰久と金丸のみで交わされた謀議を打ち明けられて初めて、勝連へ赴くことを承服したのである。

しかしそれが、今となっては功を奏した。

みずからの祖父である護佐丸を殺した阿麻和利を、百度踏揚はそれこそ蛇蝎のごとくに嫌ったという。阿麻和利討伐の契機として金丸が考えていた謀を決行するためには、姫のこの怨嗟は都合がよかった。

愚か者ばかりだ。

娘を阿麻和利の妻としたのはなんのためか。尚泰久がそれを理解できていれば、二年もの間、金丸を遠ざけはしなかったはずだ。護佐丸と阿麻和利を討つための最初の布石が、踏揚の降嫁であった。踏揚には、すぐに首里に戻すなどと言っておきながら、護佐丸を討とうとする金丸を二年も遠ざけた。最上の権威を手に入れ慢心し、鈍になった王と、金丸の掌の上で踊るその娘。どちらも救いようがない。

耳目を勝連に向かわせて数日のうちに、百度踏揚が密かに勝連城を出たという報せが首里城に入った。

「すぐに迎えの兵を向かわせろっ！」

動転する王の命を受け、首里城から勝連にむけての街道のすべてを辿るように兵が侵攻を開始した。

愚か者どもは一度道を定め、恐怖という棘で背中を刺してやれば、滑稽なほどよく動く。

百度踏揚を城から連れ出したのは、もちろん大城である。きっかけは耳目によってもたらされた金丸の命であった。

阿麻和利謀反。

その報せは、勝連を脱した姫の口から王の耳に入った。踏揚は戻ってきたが、大城は助けに遣わした兵たちとともに、引き返していったという。しかし、娘が可愛い尚泰久にとって、従者同然の男がどうなろうと知ったことではなかった。

「よう来た、よう来た踏揚」

姫を力強く抱きしめながら、尚泰久が頬擦りをした。家臣たちの目など気にも留めず父の顔を見せる王の放埒ぶりに、金丸はため息を吐く。戦が迫っているのだ。愛娘の帰還などを喜んでいる暇はない。踏揚が首里へ到達した。これで謀反の報せが王府に届いたという大義名分は立つ。大軍を動かすならば、今しかない。

「近隣の按司たちに使者を立てまする。二日後には兵が揃いましょう」

すでに阿麻和利に叛意ありという噂は各地に流してある。報せを受ければ、按司たちもすぐに動くはずだ。

「其方に任せる」

疲れ果てて目も虚ろな姫を抱きしめたまま、尚泰久が言った。

「父上」

力なくつぶやく娘に王が耳を傾ける。

「あの男を討ってください」

曲がりなりにも二年ものあいだ夫であった男のことを、踏揚は怨嗟の情を込めた声で吐き捨てた。

「わかっておる」

「大城が行ってしまいました」

「あの従者か」

「大城は私の恩人です。死なせてはなりません。お願いです、大城を助けてください」

「踏揚様」

親子の歪な会話に、金丸は割って入った。父の腕から逃れた踏揚が、階の袂に立つ金丸に目を落とす。路傍の石を見るような薄情な視線が、金丸の鼻先を貫く。女の浅はかな我欲をみなぎらせる瞳を見上げながら、金丸は口の端に笑みを張りつかせた。

「大城は武人にござります」

「だからなんだというのです」

「敵と戦い死ぬことが、武人の本懐です」

姫の瞳の奥に嫌悪の情が揺らめいていたが、金丸は構わず続けた。

「あのような者に御心を傾けてはなりませぬ」

「差し出がましいことを申すでない」

白い肌に怒りの皺が走る。この女は大城に惚れている。世間知らずの小娘にとって、従者と姫などという身分の差など関係ないのだ。その浅はかさが、尚泰久の娘らしいと思う。

まぁ……。

どちらでもよい。惚れているなら惚れているで好きにすればよい。

「首里より遣わした五百は、追手を討ち払い戻ってくるように命じております。大城の生死は明日には判明いたしまする」

「かならず生きて帰すようにと命じなさい」

「それはできませぬ」

愚昧な姫に付き合うのは面倒だとばかりに、金丸は玉座に目をむけた。

「出兵の支度に取り掛かりまする」

「すべてお主に任せる」

王の返答を受け、金丸は続けた。

「勝連城には私も行きまする」

「何故、お主が行かねばならぬのだ」

当然の問いである。

たしかに金丸が行くことはない。がさつな武人どもに任せておけば済む話だ。

阿麻和利という男の敗北をこの目で見たかった。武勇や民の信望により、按司へと昇り詰めた阿麻和利は、御殿の裡で策を弄し王の側近となった己とはまったく異なる手管にて身を立てた男だ。

己には絶対に真似できない手段をもって、勝連按司となった男の終焉を見ておきたかった。

「阿麻和利は奸智に長けた男にございます。私が直接赴き、全軍に目を光らせまする」

尚泰久がなにかを考えている。足りない頭で判断しようとしているのだ。金丸が己の手元にあることと、勝連の兵たちを指揮することを天秤にかけている。

「お主の願いを無下にすることはできぬ。ならば約束しろ。かならず阿麻和利を討つのじゃ」

「承知いたしました」

愚昧な親子に背をむけ、金丸は修羅の地平に踏み出した。

震えている……。

身も心も。

本陣に腰を据え、勝連城を見上げながら、金丸は家臣たちの目が気になって仕方がなかった。

落ち着かないのだ。心が常に定まらず、言葉にならない想いが、幾重にも折り重なって、ぐるぐると頭のなかを回り続ける。

目の前では敵味方入り乱れて何日も何日も殺し合いが続いていた。

「ぬっ！」

思いより先に声が漏れる。

矢だ。

本陣に居座る金丸をかすめるように飛んだ矢が、彼方（かなた）へと消えてゆく。

矢が飛来するのは珍しくない。日に幾度かは、強襲をかける敵が本陣に迫って矢を射かけては、死んでゆく。

堅い。

どれだけ殺しても敵の士気は衰えなかった。

勝連城を囲む柵には幾本もの槍が突き立てられ、敵の首が真新しい物から骨と皮だけになった物まで、数えきれないほどに並べられている。敵の骸（むくろ）は打ち捨てられたまま、味方のそれでさえ片づける暇もない。

殺しても殺しても、敵は執拗に攻め寄せて来る。

本陣深くに留まり、みずから戦場に出ることのない金丸でさえ、あまりに執拗な敵の攻めに疲れを感じ始めていた。

どこから狙われておるかわかりませぬ。死が突然やってくる。それが戦場にございます……。

勝連城で合流した大城の言葉が、心に住み着いていた。みずから阿麻和利を討つという大城を、金丸は王の承認の元、総大将に任じた。姫の従者として、間者の任を十分に果たした褒美であった。

じっとしていろと言われても、どこから飛来するかわからぬ敵の矢を思うと、居ても立ってもいられなくなる。戦が始まった当初は、将とともに評定を行い策を定めていたのだが、大城の忠告を受けてからは、夜になり戦場から戻ってきた大城に、みずからの考えを述べるようになった。

これが戦場……。

身をもって感じている。

力と力がぶつかり合い、劣ったほうが敗れて死ぬ。ただそれだけの単純な理屈が支配する天地に、金丸の居場所はなかった。もし、大城とともに馬にまたがり槍を手にして戦場におもむけば、一時もせぬうちに金丸は鞍から引きずり降ろされ、敵の功となるのは目に見えている。

ここではあまりにも簡単に人が死ぬ。

策謀など関係ない。

「あぁぁぁっ！」

無数の悲鳴が間近に轟いた。先刻、本陣に矢を射かけた者たちが、こちらの手勢に囲まれ殺されていく。

「死ね……」

己の居場所ではないことを痛感しながら、血の海に沈んでゆく敵を見据えて金丸は憎しみの言葉を吐いた。


その夜、大城が返り血と煤に塗れた疲れた顔で、金丸の宿所に現れた。

「おそらく明日が最後の戦となりまする」

確信に満ちた声で告げた武人に、返す言葉などなかった。最後の戦ということは、ついに敵の蓄えが尽きたということなのだろう。

「おそらく敵は金丸様を目指して突き進んできます」

立ったままの大城が、厳しい顔付きで言った。

「阿麻和利が出て来るやもしれませぬ。某も全力で阻みまするが、どうなるかわかりませぬ。明日は本陣を離れ……」

「出る」

大城が言葉を紡ぐのを断ち切って、金丸は言った。

「しかし」

「私は最後まで見届ける」

「い、いや……」

「餌になるだろう」

「餌にござりまするか」

「敵は本陣に私がいることがわかれば、一心に私を目指すだろう。ならば、敵の来る道は定まるではないか」

「金丸様を餌にして敵を討てと」

「私が本陣を動かねば、敵の狙いも定まる」

「影武者でも務まる役目ではありませぬか」

「この期に及んで」

吐き捨てて笑う。それを見た愚直な武人が、鼻から荒い息をひとつ吐いた。

「ならば、明日は存分に金丸様を餌にさせていただきまする」

「その代わり、かならず阿麻和利を討て。わかったな」

口を真一文字に結んだ大城の四角い顎が大きく上下した。

東の空が明るくなるとともに、勝連城の門が開いた。敵の慌ただしい動きを知った味方に起こされて金丸が本陣に腰を据えた時には、すでに敵がひと塊になって味方の柵にぶつかっていた。

来る……。

これまでとは本陣にむけられる殺気の質が違った。敵の群れから上がる喊声(かんせい)にも、それまでの雄々しさとは異質の悲鳴じみた切迫さが滲んでいる。死を覚悟した突撃であることは、戦に不慣れな金丸でさえ、肌身をもって感じられた。

敵の先頭を走る白馬がひときわ目を引いた。深紅の衣を鎧の上から纏った、目鼻立ちの端麗な武人である。

屋慶名の赤だ。

金丸の脳裏にそんな名が過る。阿麻和利が勝連城の役人であった頃からの同朋であり、彼が按司になってからは片腕として働いている男だ。護佐丸の謀反の報せを首里城にもたらしたのも、この男であった。

これまでの敵の突撃で、赤の姿を見たことはなかった。

「阿麻和利はどこだ」

赤が先頭を駆けている。阿麻和利の姿はどこにもない。

「城のほうぼうの門から目を逸らすなっ！　いずこの門から、阿麻和利が逃げ出すやもしれんっ！」

誰に命ずるでもなく叫ぶ。金丸の命を耳にした甲冑姿の家臣が数名、本陣の幔幕を駆けだしてゆく。最後の突撃だと大城は言った。阿麻和利を逃がすため。ふと、そう思った。勘である。が、黙ってはいられなかった。

眼下の戦場では大城が率いる精兵たちが、赤の突撃を必死に阻んでいる。が、大木に錐を差し込むようにして、深紅の敵が本陣への道をじわじわと切り開いてゆく。

来る……。

背筋を寒気が駆け抜けた。

「金丸ぅぅぅっ!」

本陣を見上げながら赤が叫んだ。

笑っている。

目が合った赤は、仲間と遊ぶ童のように楽しそうに破顔していた。

死と戯れる武人を前に、金丸はこれまで感じたことのない恐怖を覚えていた。伊是名でみずからを殺すためだけに島を駆けずりまわる男たちに追われている時にも味わったことのない寒気が、骨の髄から湧き起こって肉に染み出し、青白い皮を激しく震わせる。

逃げるな……。

必死に自分に命じながら、丘を登ってくる赤を見据える。少しでも気を抜けば、金丸の足はみずからの意思など関係なく、踵を返して駆け出すだろう。味方の手前、それだけはなんとしても避けねばならなかった。

　赤が登ってくる。

　単騎だ。

　大城が必死の形相で追ってくる。だが、赤の駿馬(しゅんめ)はぐんぐんと首里随一の武人を引き離してゆく。本陣を守る味方の兵が、金丸の前に幾重もの壁を作り、赤の突入を阻もうとする。すでに戦場での決着は付いているといっても過言ではなかった。勝連の兵たちが王家の兵にほうぼうで蹂躙(じゅうりん)されている。すでに軍勢の体を成していない。

　ただ一人。

　赤だけが、金丸を目指して登ってくる。

　壁が。

　割れた。

「金丸ぅぅっ！」

　赤が駿馬から飛んだ。

　両手に掲げた刀が陽光に照らされてまばゆい閃光(せんこう)を放つ。不覚にも金丸は目を閉じてしまった。無理もない。武技の修練など一度として受けていないのだ。戦う術も知らない。敵を前にしてまばたきをしてはならぬことなど、教えてもらったことがない。閃光を浴びて目を閉じてしまうのは人として当然のことだった。

衝撃が全身を襲い、背中から地に倒れた。

「金丸様ぁぁあっ！」

大城の叫び声が聞こえる。

赤が金丸の胴にまたがっていた。刃を振り上げ、勝ち誇るように笑みを浮かべている。

「死ねっ！」

叫ぶと同時に、赤の胴から無数の刃が生えた。近衛の兵たちが、いっせいに襲い掛かったのである。もう一歩というところで、赤は金丸を討ちもらした。

「ちぇいっ！」

気迫一閃、大城の横薙ぎの刃が、金丸にまたがったまま笑う赤の首を刎ねた。

力の入らぬ躰を男たちに支えられるようにして起こしてもらった金丸の顔を、大城がしゃがみ込んで覗く。

「お怪我は」

首を左右に振って応える。安堵の笑みを浮かべた大城の大きな掌が肩に触れた。

「勝連の兵は打ち払いました」

「阿麻和利は」

「城の中におりませぬ」

「探せ。逃げたのだ。勝連城の周りを徹底的に探せ。なにがあっても殺すのだ」

　黙したままうなずく大城を前に、首を失った赤の骸に目を落とす。

「これが……。戦か……」

　やはり、己とは無縁の物だ。虚ろな心に浮かんだ一語を噛みしめながら、金丸は煙を上げる勝連城を見上げた。

　阿麻和利が生まれ故郷であると称していた北谷間切(ちゃたんまぎり)の屋良(やら)の浜で討たれたのは、それから数日後のことであった。

*

　護佐丸と阿麻和利が死んだ。

　尚家と並び立つほどの権勢を誇った二人が謀反人として死んだことで、諸国の按司たちの尊崇は首里へと集中した。あの護佐丸と阿麻和利でも、王家には敵(かな)わなかったという事実は絶大な力を持っていた。尚家を軽んじ、みずからの領内で力を蓄えていた按司たちも、こぞって首里城へ参内し、尚泰久の前で頭を垂れた。

　金丸が望んだ景色が目の前に広がっていた。

　護佐丸・阿麻和利討伐の報賞が、功のあった者たちに与えられる。

　なかでも阿麻和利討伐に大功のあった大城への尚泰久の褒美は絶大であった。かつて、みずからが領主として治めていた、越来の地を大城に与えたのである。

しかも、手土産付きで……。

尚泰久は、娘である百度踏揚を妻として大城に与えたのである。

これには姫の意向も十分に影響していた。

阿麻和利の元へ嫁いだ姫の近習として、常に側に仕えていた大城との間に濃い情の交わりがあったのだろう。勝連にいた頃から二人が深い仲であったとは考えられないと、金丸は思っている。あの愚直なまでに忠孝にこだわる大城が、人妻である姫に横恋慕をするようなことはないと断言できる。どちらかといえば、阿麻和利を拒絶し続けていた姫のほうが、大城に好意を抱いていたのだろう。大城とともに城から逃げる旅の最中、その想いが本物になった。そして、無事に大城が阿麻和利を討って凱旋を果たし、父が越来の地を与えることを知った姫は、大城の妻になりたいと父に告げたのだ。娘には甘い尚泰久である。快く大城の妻になることを認めた。

大城は王家の姻族として、越来の長となったのである。

そして。

金丸である。

すでに志魯・布里の乱収束の功により、西原間切、内間の地を与えられている金丸は、今回の報賞によって、新たな役職を得た。

御物城御鎖之側（うむぬぐすくうざしぬすば）。

それが金丸の役職の名であった。物々しい名前であるが、その名に負けぬ重責を担う役職である。王家の外つ国との外交全般。外つ国との交流の窓口ともいえる港町那覇と、異国人を集住させて作られた久米村の監督。そのふたつが、御物城御鎖之側の主な職責であった。琉球国にもたらされる富は、按司から献上される諸国の作物や物品と、外つ国との交易、このふたつの柱によって支えられている。諸国からの献上品と同等、いやそれ以上の価値が外つ国との交易からもたらされる。金丸はこの外つ国からもたらされる富に対する全権を、王から託されたのであった。職責だけでいえば、諸国の按司よりも重大なものであるのは間違いない。

当たり前だ。

それだけの功は上げたつもりだ。尚家を盤石ならしめたという自負が、金丸にはある。それだけの褒美を得ることは当然であった。

金丸は王の腹心という曖昧な立場から一歩進み、明確な地位をもって王家に遇されたのである。

そして……。

護佐丸・阿麻和利の乱より二年。時はふたたび、大きく動こうとしていた。

「よう来た」

圧がない声を乾いた唇からこぼし、口角を緩めた。なんとか胴から上だけでも床から脱してみせようと、肘を突いて躰を支えようとしているが、力なく震える細い腕が王の望みを叶えてくれない。金丸はそっと寄り添い、骨が浮き出た背中に手を添え、起き上がらせると、王は深い息を吐いて静かに床の上に座った。

頬の骨が突き出たしゃれこうべと化した顔の、落ちくぼんだ洞穴の奥で、黄色い瞳が妖しく光っている。その黄色の真ん中で小さく揺れる漆黒の孔が、金丸をとらえて離さない。

「いくつになった」

かすれた声で王が問う。椅子に腰をかけ、目を伏せて、金丸は静かに答える。

「四十六にござります」

「ならば我は五十一か」

「左様」

これほどまでに……。

金丸は息を吞む。

衰えたかと愕然とする。目の前の王は、いまや骨と皮だけであった。余分な肉はすべて削げ落ち、昔は妖気を放っているかのごとくに青ざめていた肌は乾いて褐色にくすんでいる。

護佐丸と阿麻和利が死んでから、尚泰久の魂は少しずつ萎んでいった。病がちになり、数か月に一度病に倒れていたのが、ふた月に一度になりひと月になり、ついには床から出ることすらできなくなった。薬師だけではなく、高名な神女にも何度も見てもらったが、手立てはなく、ただただ王は命の炎を細らせていった。

金丸には、衰弱の根源が見えている。

自責の念だ。

護佐丸と阿麻和利を我欲のもとに殺してしまった。いや、もしかしたら王は、志魯と布里さえも、みずからの欲の犠牲にしたと思っているのかもしれない。他者を貶めて、みずからの力と成す生き方に、王の心は耐えられなくなったのだ。

王はこれまでの歩みを悔いている。そして、みずからを滅することで、贄としてきた者たちへの贖罪を果たそうとしているのだ。

「いくつだった」

金丸の思惟を、王の咳まじりの問いが破る。

「なにがでございましょう」

「お主が初めて我の前に現れたのは」

「あぁ」

　あれはたしか……。

「二十七にござりました」

「そうか、二十七か。あの時は耳目が……」

「左様。耳目が私を王に引き合わせてくれました」

　すでに耳目も老齢の域に達しようとしていたが、いまだに金丸の元に現れ、手下に命を下している。跡継ぎのような者がいるのかもしれないが、金丸は耳目以外の者に会ったことがない。

「あれから何年経った」

「十九年にござります」

「長いのか短いのか……」

　つぶやいて王が短く笑った。

「金丸」

　王が腹心を見据えて名を呼んだ。それまで苦しそうに丸まっていた背が、するりと伸びた。金丸も椅子の上で身形（みなり）を正し、口を結んで主と正対する。

「我はもう長くはない」

　それは金丸にもわかっている。いまさら、虚偽の慰めなど無用だ。王は近いうちに死ぬ。それは誰の目にも明らかだった。

「跡は徳に継がせる」

「ふ……」

思わず笑みが漏れそうになるのを、なんとか堪えた。あまりにも順当すぎる王の選択に、この場であらためて言うことでもあるまいにという想いが笑いとなって腹中から込み上げてきたのである。

尚泰久には二十になる徳という名の息子がいた。徳は王の三男である。世子である長男と次男はともに、護佐丸の娘の子であった。二人はいまや謀反人の孫という立場にある。体面上、謀反人の孫に王位を継がせるのは憚られるという尚泰久の想い故の、徳への継承なのだ。

徳は若いながらも才気煥発で、二人の兄よりも覇気に満ち溢れた雄々しい青年であった。そのあたりも、どちらかといえば若い頃から線の細かった尚泰久に、徳を選ばせた要因となったのかもしれない。

が……。

金丸に言わせれば、もはや誰を次代の王に選んだとて、大差はないのだ。

「乱れるか」

「いえ」

断言して首を振る。そして、金丸はやつれきった王の瞳をしっかりと見据え、腹に力を込め、心底から湧き出る言葉を舌に乗せた。

「王亡き後、国が乱れることのなきよう、護佐丸と阿麻和利を討ったのです。いまや王が死しても国を乱さんとする按司はおりませぬ。この時のために、王は彼らをお討ちになられたのです」

そう仕向けたのは金丸である。尚泰久は護佐丸と阿麻和利の死を望んでなどいなかった。もし、王が自責の念でみずからの身を滅ぼそうとしているのなら、その責は金丸にある。間接的とはいえ、王を死にいたらしめたのは腹心である金丸だ。尚家への権威の集中という望みを達成するために、尚泰久を利用したのだ。

悔いはない。

どのような男が王であったとしても、金丸はかならず犠牲にした。尚泰久よりも慕う者であっても、憎むべき外道であろうと、みずからの肉親であろうとも、金丸はそれを利用し、護佐丸と阿麻和利を討った。それが、民を十全に治める唯一の方法であった。ただそれだけのことだ。

「そうか……。乱れぬか」

「はい」

「金丸よ」

王の骨ばった手が虚空をかく。みずからを求めていることを悟った金丸は、椅子から身を乗り出して、今にも折れそうな掌を両手で包んだ。

「お主がいなければ、我は王になれなかった。心の底から感謝しておる」

王の私室にふたりきり。王が臣下に投げる言葉ではなかった。一人の男として、尚泰久は金丸に語りかけている。

感謝などされる筋合いはない。金丸は道具として王を使っただけなのだ。

伊是名島の民への復讐が、愚かなるすべての民に対する絶対なる統治へと変質した。金丸の野心を満たすため、王を駒として利用しただけのことだ。

「頼む……。政に慣れぬ息子の力になってやってくれ。尚泰久、最期の頼みじゃ。徳を……。徳を頼む」

尚泰久の落ちくぼんだ目から猜疑の色が消えることはない。

疑っているのだ。

恐れているのだ。

金丸を。

みずからが死した後、この城で第一の実力を持つ金丸が、息子をどう扱うのか。死の淵に立つ王は、心底から憂えているのだ。

だから……。

笑ってやる。

骨と皮になった王の手を握りしめながら。

「承知仕りました。この金丸、身命を賭して尚徳様をお守りいたしまする」

「それが聞ければ安心じゃ。頼む、頼むぞ金丸……」

王の手から力が消えた。みずからの躰を支えきれぬ尚泰久の背に手を添えて、床に寝かせる。閉じた瞼の隙間から、濁った雫（しずく）がこぼれ落ちて枕を濡らした。

王が死んだのはそれからひと月後のことだった。尚巴志の第五子として生まれ、尚家第六代の王となった尚泰久は、首里城にて五十一年の生涯を終えた。

末期に聞いた、金丸の嘘を信じながら……。

第四章　玉座

この国では大陸の皇帝からの認証を得なければ、王は王として認められない。しかし、明国へ冊封の承認を求める使者を送り、その返答として冊封使が来琉するまでには短くても一年ほどの歳月がかかった。

尚泰久の死後、首里王府はその息子の尚徳を第七代の王として擁立した。尚泰久と金丸が見越した通り、按司たちからの反発のない速やかな継承であった。王の即位が承認されるとすぐに、尚泰久の長男と次男は首里城を出て玉城（たまぐすく）へと身を退いた。謀反人の孫という立場を甘んじて受け入れ、弟へと王位を譲った末の円満な隠居であった。

「金丸っ！」

玉座の上から降ってきた甲高い声に、居並ぶ家臣たちがいっせいに身を固くする。その先頭に立つ金丸は、みずからの名が呼ばれたことに驚くこともなく、端然と階の上の王にむかって頭を垂れた。

濃い眉の下に爛々と輝く瞳に、才気がみなぎっている。自信に満ちた太い唇の端が、妖しく吊り上がっていた。細面で青白かった尚泰久とは違い、息子の尚徳は武人と見紛うほど頑強な顔付きをしていた。

齢二十一。

若い。みずからの壮健な躰にみなぎる覇気を信じて疑いもしない。その青さが、金丸には煩わしく思える。

金丸は目を伏せたまま、若き王の言葉を待つ。

「お前と我が父の仲は知っておる。尚泰久王の懐刀といえば、誰もがお前の名を口にした」

「勿体なき御言葉……」

「だがそれは、父が王であった頃のことよ」

余人の発する言葉を上から押し潰すかのごとき圧に満ちた声を発し、尚徳王が金丸を律する。

「よいか、お前はあくまで御物城御鎖之側という役職を務める役人だ。それ以上でも以下でもない。伊是名島の貧しき民であったお主を父は拾ってやったのだ。城に流れ着いた時には下人であったそうではないか。馬の糞を掃除しておるほうが、その卑しき風体に似合うておるぞ。明日からでも厩の掃除に戻してやってもよいのだぞ。はははは」

尊大に笑う尚徳には、尚泰久のような猜疑はない。王族として生まれたみずからの尊大さを疑うことも知らず、金丸を下賤な生まれであると見下している。

「皆にも申しておくっ！」

尚徳の声が首里城で一番大きな広間に鳴り響く。

「父は按司やお前たち役人の機嫌を気にしておったが、俺はそうはいかんぞ。俺は琉球国の王。誰にも屈せぬっ！　この国のことは俺が決めるっ！　わかったなっ！」

家臣たちがいっせいにひれ伏す。金丸もふたたび頭を垂れた。

それだけの威厳を尚家に集めたのは一体誰なのか？

「どうした金丸」

家臣に対する配慮など微塵も感じられない居丈高な声が降ってきた。みずからの若さを信じるだけしか能のない童には、なにを言っても始まらない。金丸は目を伏せたまま固く口を閉じる。

「不服があるなら申してみよ」

申さばすぐに役職と領地を奪って野に放ってやる……。

そんな邪悪な威圧が言外に潜んでいることを、王は隠しもしない。

「お前の総身から怒りが滲み出ているぞ。汚らわしい欲にまみれた怒りがな」

挑発だ。

感情をあらわにするような愚かな真似など、しろと言われても金丸にはできない。怒りをあらわにして抗弁するような若さは、すでに失われている。無だ。このような男の前では、ひたすらに心を押し殺すに限る。

抗(あらが)っても仕方がない。そう割り切って口を閉ざすだけの忍耐を、老境に差し掛かった金丸は身に付けていた。

「どうした。父になら、どう言上する。その卑しき口で」

ゆっくりと伏せていた目を上げ、階の上の王を見る。自信のままに口の端を吊り上げる青年に、微笑(ほほえ)みを返す。

「父君はすでにこの世にはおりませぬ。なにも申すことなどござりませぬ。私の命は尚家に捧(ささ)げておりまする。尚徳王こそが私の主」

心の裡でせせら笑う。

命を捧げる……。

それだけの価値が果たして尚家にあるだろうか。

ない。

はじめから。

「良き心がけじゃ。皆も金丸のように謙虚な心持ちで励めっ！　よいなっ！」

王の笑い声が広間に響くなか、金丸はただただ玉座から目を背け続けた。

＊

「嫁……。だと。私にか。お前の間違いではないのか」

夜分、突然訪れた弟を自室に招き入れ、金丸は首を傾げた。

「兄様にです」

言った弟の目におどけた色は微塵もなかった。どうやら真剣な話らしい。

「いまさら嫁など」

吐き捨て、弟をにらみつけ、真意を探る。剣呑な気をはらんだ兄の視線を受けても、弟は小動もしなかった。腹を括ってこの場にいるのは明らかだ。

金丸は五十になっていた。尚泰久が死に、尚徳が王になっていつの間にか四年もの歳月が流れている。王の権勢はすさまじい。護佐丸・阿麻和利の反乱以降、反抗の意思を見せるような按司もいなくなり、琉球の政は王の思うままにゆくようになった。金丸がどれだけ注進しても、若き王は耳を貸すこともない。

即位して間もない頃、首里王府へ恭順しない喜界島へと独断で兵を進め、島の民の強烈な抵抗にあって敗れるなどというのは、王の強権の成せる業であった。この時、金丸は強硬に反対したのだが、尚徳王はすべての任を解くという嚇しをもって金丸の口を封じ、喜界島への侵攻を決めたのだった。

治まっている。

王の独断にさえ目をつぶれば、琉球はたしかに金丸の望み通り尚家の元に治まっていた。だからこそ、どれだけ王が聞く耳を持たずとも、金丸は四年もの長きにわたって、忠実に務めを果たしてこられた。しかし、先王の時のごとく、金丸を王の腹心として見る者は少なくなっている。御物城御鎖之側という重職にある年寄り程度にしか、若い者たちは見ていない。

舐めるな……。

腸は煮えくり返っている。

策なき者が策なきまま、勢いに任せて政が行えているのはいったい誰のおかげなのか。それが王にはまったくわかっていない。

だが、怒りに任せて腰を上げるほど、金丸は若くはなかった。かならずあの王はしくじりを犯す。機を待つのだ。あの王が想いのままに走れば走るほど、この国には闇が溜まってゆく。まばゆい陽光のように、勝手気ままに王が振る舞うほどに、この国の底に、黒々とした闇が溜まってゆく。

そこに尚徳は気付いていない。

金丸の心中に渦巻くどす黒い怒りは、闇だ。欲という名の闇だ。

今に見ておれ……。

心の裡で思いながら、金丸は密かに牙を研ぐ。先の王の時にも、二年ほど遠ざけられたことがある。その時は、護佐丸の謀反をもって、己の存在が尚家にとってどれだけ重要であるかをわからせてやった。

今度はそうはいかない。

あの不遜な王を、このままにしておくつもりはなかった。尚泰久には、拾ってもらったという恩があった。だから尚家を生きながらえさせてやったのだ。

己を下賤な男と見下す尚徳には、なんの恩もない。

金丸にはまだまだやるべきことがある。妻など娶っている暇はないのだ。

家人が持ってきた適度に温い茶で喉を潤し、弟を見る。眉根に皺を寄せてこちらをにらむ弟は、すでに役人として一人前に成長していた。己の屋敷を城下に持ち、そこから毎日城へと通っている。金丸と顔を合わせる機会も少なくなり、こうして向かい合って語らい合うのは、数か月ぶりのことだった。

「私の屋敷に出入りしている神女の宇喜也嘉という名の娘が、兄様と夫婦になる夢を見たと申しておりまして……」

宣威がうなずき、城務めですっかり白くなったみずからの頰を撫でた。神女は琉球の地にあまねく存在する神と人を祈りによって繫ぐ者たちである。みずからの身に神を降ろし、病や悩みを持つ者に神の言葉を伝える。神とともに生きる者であるため、その夢や幻には力がある。

そんな神女が金丸の妻になる夢を見たという。

金丸は琉球に生まれた。情や想いのような姿形の見えない物よりも、法や律のように形になった物を信じる気性は揺るがないが、それでもやはり神や霊を尊重する心は持ち合わせている。だが、それは尊重するというだけのこと。神女の託宣に頼ることはない。だから、神女である宇喜也嘉の夢などを、鵜吞みにする気はない。

「夢は夢だ」

「兄様なら、そう申されると思うておりました」

「ならば、もうこの話は止めだ」

「止めません」

頑強な口調で弟が言い切った。荒い鼻息が豊かに伸びた髭を撫でている。意を決しての訪問だったのだろう。

「言う通りにせねば罰が当たるか」

「そのようなことを恐れる兄様ではないでしょう」

「ならば、その神女になにか握られておるのか」

「まさか。後ろ暗いことなど私にはなにひとつありません」

高潔を絵に描いたような弟の一本眉が、微塵も揺らがず吊り上がる。

「良い機会だと思うたのです」

宣威が、ここまで思いつめるのも珍しい。金丸の心のなかでは、弟が三十五になろうと、どこかでまだ子供のように思っている。伊是名から逃れる時、舟底で震えていた九つの童のまま。そんな童が、生意気にも兄に意見をしている。

「姉様に義理立てすることはありません」

誤解だ。別に金丸がこれまで妻を娶らなかったのは、奥間に置いてきた妻に気兼ねしていたからではない。妻には新しい夫がいると言ったのは、弟ではないか。

女に不自由したことはなかった。ただ側に置くような女がいなかっただけなのだ。

「もはや兄様は伊是名で暮らしていた頃のような立場ではないのです。いや、伊是名にいたとしても、父や母から受け継いだ田畑があった。それを継がせる者が必要だったはず。いまの兄様は伊是名で継がせなければならなかった田畑などとは比べものにならぬほど大きな物をお持ちです。これを継ぐ者を……。兄様の家を継ぐ者を持たねばならぬ。兄様は五十になられた。これ以上年を経てしまえば……」

「役に立たぬか」

「そっ、そうは申しておりませぬが……」

「この程度で心を乱すな」

まがりなりにも弟も役人の端くれなのだ。他愛もないやり取りで、ここまで心の裡を披瀝(ひれき)しては、抽んでることなどできはしない。

「申し訳ありませぬ」

わずかに頭を下げ、ふたたび兄へと視線をむけると、弟の頬が神妙なまでに引き締まっていた。

「宇喜也嘉は敏(さと)い娘です。決して兄様が煩わしく思うようなことはありませぬ」

「いくつだ」

「二十です」

「に、二十……」

金丸とちょうど三十年の隔たりがある。

「兄様も宇喜也嘉という娘に会ってみればわかります。あの娘が夢に見たと申したのです。きっとそれには意味がある」

神女の言葉をこれほど信じる弟であったかと、金丸は驚いている。

「とにかく、宇喜也嘉に会っていただけませぬか」

揺るがない。おそらく弟は金丸が首を縦に振るまで帰らないだろう。

少しだけ興味が湧いた。

頑迷な弟にここまで言わせる二十の娘とはいかなる女なのか。

「わかった」

兄の答えを聞いた弟が、安堵のため息とともに微笑んだ。


「頭を上げろ」

屋敷の広間に通してからずっと、床に手を突き頭を下げ続けている娘に、金丸は穏やかに声をかけた。開け放たれた広間を、初夏の穏やかな風が吹き抜ける。娘から吹く風に、甘い花の香りを感じた。

「頭を上げろと申しておる」

わずかに苛立ちを覚えた金丸の気を悟り、娘がゆっくりと躰を起こした。

「ん」

思わず声が出た。自分でも愚かしいと思うほど、間の抜けた声が、娘の顔を見た刹那、年老いて緩み始めた唇からこぼれ出てしまった。恥辱を振り払うように、金丸は宇喜也嘉から目を逸らし、陽光に照らされたまばゆい庭にむかってひとつ咳払いをした。

「宇喜也嘉……。であったな」

「はい」

涼やかで透き通る声色だった。

苛立っている。娘にではない。みずからに対してである。伊是名でも宜名真でも、金丸は異性にだけは好まれた。若い頃には多くの娘と情を通じ、首里でも数えきれないほどの女を抱いた。もはや女と相対しただけで心が昂るような幼さは持ち合わせていないつもりだった。

それがどうだ。

二十歳の娘を前にして、五十の白髪交じりの老い耄れが浮足立っている。それが金丸本人であることに愕然としていた。

「夢を見たそうだな」

「はい」

娘の答えは簡潔である。余計な言葉を弄しない姿にも、好感が持てた。口数の多い女は好まない。家人であってもである。陽気なのは良い。が、陽気が口数となって始終うるさいのは我慢がならなかった。

「私の妻となる夢だと、弟から聞いたが、それは真であるか」

「真です」

「なぜ」

「金丸様は王になられます。妾（わたし）は王妃に」

「な……」

思わず金丸は言葉を失った。

誰にも語ったことのない望みである。密かに胸の裡で育てていた想いだ。

何故、二十歳の娘が知っているのか。この場で見透かしたとは思えない。心の裡を読んだなどという神がかりな芸当を信じる金丸ではない。

宇喜也嘉の涼やかな顔には、自信が満ち溢れている。細くとがった眉は小動もせず、二重瞼の下の瞳には揺るがぬ意志の光が輝いている。薄紅の肉厚な唇にはかすかな笑みが宿り、金丸の心を騒がせる。

「私が王だと」

それを口にするのが精一杯だった。この娘と会い、交わした言葉は数語のみ。それだけで、ここまで金丸の心を騒がせる者は、首里城に巣食う百戦錬磨の役人どものなかにもいない。あの強硬な王の言葉であっても、金丸の凪いだ心に細波（さざなみ）を立てることはなかった。

この娘はいったいいなんだ。

心が騒ぐ。

「妾は金丸様に王妃にしていただきに参ったのです」

「死にたいのか」

　半ば本気であった。

「死にませぬ」

「大した自信じゃな」

「妾は王妃になるのです。こんなところで死ぬわけがありません」

「私が王になる……。夢を見たのか」

「はい。玉座に座る金丸様の隣に、妾がおりました」

　己が玉座に座る夢……。

　神に仕える女の言葉が、生まれて初めて心に突き刺さっている。

　弱くなった……のだろうか。

　近頃、昔ほどの激烈な情動を抱かなくなった。策を巡らす冷徹さは、昔より研ぎ澄まされているが、こういう情の機微におおらかになったような気がする。

「お前は私の嫁になるのか」

「はい、かならず」

　面白い娘であった。姿も好み、気立ても良い。奇妙な夢の話などなくとも、これほど妻になりたいと望むのなら、叶えてやらぬこともないと思わせるだけの力が、宇喜也嘉という娘にはあった。

「考えておこう」

曖昧な返答であるにもかかわらず、宇喜也嘉は承認を得たかのように明るい笑顔を見せながら深々と頭を下げた。

＊

宇喜也嘉と祝言を挙げてから二年。すでに息子が生まれていた。五十一にして金丸は初めて人の父となった。

五十一。

尚泰久が死んだ歳だ。

子ができたからといって、なにかが変わったわけでもない。産んだのは金丸ではない。妻の宇喜也嘉だ。家臣どもから似ていると言われても、なんとも思わない。赤子が妻に抱かれているという以上の感慨を抱くことはなかった。可愛いと思いはするが、生き物というのは大概幼い時は可愛いものだ。自分の子であるから殊更に可愛いと思えるほどの激しい情動は湧かなかった。

城内では相変わらず、首里王府の重鎮であり、王からは鼻摘み者のような扱いを受けていた。

その裏で……。

仕込みは着々と進んでいる。

「もう一度申してみよ、下郎めがっ！」

広間じゅうに尚徳王の怒号が轟いた。居並ぶ家臣たちがいっせいに首をすくめ、怯えているということをわかりやすく態度で示しているなか、金丸は家臣の列の最前に立ちながら、端然と階の上の玉座を見据えていた。

「何度でも申しまする」

いっさい揺らぎがない金丸の返答に、尚徳王が太い眉を吊り上げた。二十一で王になった尚徳も二十六となり、少年の青さはすっかり消え失せている。しかし、王位に就いた頃と変わらず、己だけを信じる頑迷さと、王権が盤石であることを疑わない意思の強さは衰えていなかった。むしろ、その高慢な態度は度を越し、家臣たちへの圧迫も日に日に増している。王宮は、王の勘気を恐れ顔を伏せる役人たちで溢れかえっていた。

もはや王の意に逆らう者など、首里城にはいない。

ただ一人。

金丸を除いては。

「もう一度申してみよ」

王の肩が怒りに震えている。金色の肘かけをつかむ右の拳に血の道が幾筋も浮き上がっていた。

「何度でも申しまするとと、先刻申したばかりですが」

愚かな問答が腹立たしい。居丈高で自信に満ちてはいるが、頭に血が上ると見境が付かなくなるのが、この王の最大の弱点であった。顔を伏せて、怒りの余波を浴びぬよう、嵐が過ぎ去るのを待っている同朋たちから、金丸は一歩踏み出して階の袂まで進む。

「喜界島への侵攻は取り止めていただきたい」

「俺が決めたことだぞ」

歯向かうつもりかと言外に問うている。王が決めたことに逆らい、役を追われた者、城から遠ざけられた者、首を刎ねられた者を、この五年あまりでうんざりするほど見てきた。王に逆らえば無事では済まないという気風が、城内にはすっかり出来上がっている。

それでも……。

これだけは絶対に認めるわけにはいかなかった。

「前回の喜界島への侵攻の折、諸国の按司は民、兵糧、舟など多くの物を負担いたしました。それより以前、護佐丸・阿麻和利の反乱の折にも按司たちには多くの負担を強いております。その負債がようやく解消されようとしておる最中、ふたたび喜界島への侵攻などを行えば、救いの光が見えてきた諸国の按司、ひいては琉球の民の道を閉ざすこととなりましょう。海のむこうの島を従属させるよりも、いまは国内の安寧を専一とするべきものと存じまする」

「俺に歯向かう者を見逃せと申すかっ！　俺に恥辱を与えた者を野放しにしておけと申すかっ！」

「はい」

王の恥辱など、民の飯の足しにならぬ。喜界島の民は、決して琉球に歯向かっているわけではない。みずからの島をみずからで治めたがっているだけだ。こちらから突かなければ、藪から蛇は出て来ない。

「よう言うたな金丸。百姓の小倅の分際で」

玉座を蹴る勢いで立ち上がった尚徳が、階に足をかけて金丸を睥睨する。そのままの体勢で後ろに右腕を回す。

「剣じゃ」

玉座に従う近習を見もせずに、王が命じる。逆らうことなどできるはずもない若き近習が、後ろに回した王の右手に剣の柄を静かに添えた。色とりどりの玉で装飾された柄を尚徳が握りしめると、近習が速やかに鞘を抜く。あらわになった諸刃の剣の切っ先を階の下の金丸にむけ、王が妖しく笑う。

「もう一度だけ機会をやろう。心してみずからの存念を口にせよ」

なにを心すると言うのか。王の意に添わぬことを言えば斬る。そういうことなのだろう。

「愚かな……」

思わず口から想いが染み出していた。

「なんだと」

若き王の額に筋がくっきり浮かび上がる。

それでも尚徳は、階を駆け下りようとはしない。

駆け下りてきたとしても、金丸の想いは変わらない。この程度の嚇しでみずからの考えを曲げるくらいなら、尚泰久を利用して護佐丸や阿麻和利を殺しはしなかった。尚家の元に権威を集め、民を統べるなどという真似もしなかった。

舐めるな……。

愚かな若王を見据え、みずからの想いを淡々と述べる。

「民の疲弊をお考えなされよ。按司たちの犠牲に目を向けられよ。でなければ、尚家への不満が高まり……」

「父はっ！」

金丸の弁論を王の怒号が断ち切った。切っ先を王府の重鎮に定めたまま、深紅に顔を染めた王が怒鳴る。

「先王、尚泰久は謀反人の護佐丸、阿麻和利両名を討ち果たすことで、尚家の威勢を高めたっ！　俺もまた、尚家にいまだ頭を垂れぬ喜界島の者どもの膝を屈することで、近隣の島々にまで尚家の武勇を轟かせんとしておるのだっ！　それのなにが悪いっ！」

「尚泰久様は島内の按司のため、王朝を揺るがさんとする者から尚家を守るために戦った。だから按司たちの支持を得たのです。喜界島の者たちはどれだけ放置しておっても、首里城を脅かすようなことはありませぬ」

「まだ言うかっ！」

王が階を数段降りた。斬りかかれば金丸に到達するところまで迫っている。だが、王の踏み出した右足は、しっかりと階を嚙んだまま微動だにしない。

筋が浮き出た尚徳の額から、一筋の汗がこぼれ、頰を伝って顎鬚を濡らす。

恐れる家臣たちが、王の一挙一動を注視している。金丸を殺すのか否か。それだけが家臣たちの関心事であった。彼らにとって喜界島への出兵はもはや決まったことなのである。ただ一人、金丸だけが強硬に抵抗しているのみ。

先王の寵愛を一身に受けた金丸を斬る。この決断が果たして王にできるのか。家臣たちは息を潜めて見守っている。尚徳もそれを重々承知しているのだ。

だから動けない。

金丸を殺すということは、王府を揺るがす一大事である。どれだけ王がこれまで独断を続けてきたとしても、どれだけ意にそぐわない家臣たちを殺し、遠ざけてきたとしても、金丸だけは別格であった。尚泰久の時であったなら、建国の英雄護佐丸をみずからの我儘で宮中で斬り殺すようなものなのだ。そんな蛮行が許されるのなら、金丸は護佐丸を謀反人に仕立てるような小細工などしなかった。大城に正々堂々正面から斬らせていた。

目に余る蛮行を人は許さない。

見よ……。

これがお主たちが主と仰ぐ男の姿だ。本当に力ある者を前にすれば、刃を振るう勇気すらない声だけ大きな男。それが尚徳という王の真の姿だ。

みずからの身をもって、首里王府を支える重臣と呼ばれる愚か者たちに見せつけてやる。これもまた、遥かな道のりを歩み続けるための大事な一手であった。

尚家は王として仰ぎ見るに足るだけの家なのか。

尚徳に遠ざけられて五年あまり。金丸は首里城内に種を蒔き続けている。

尚家に対する不信という名の種を。

「俺の遣り方に不服があるなら、この場を去れっ！　俺は戦場へ行く。ここを去るのが嫌なら、お前は首里に残り、戦勝の報せを待っておれっ！」

叫びながら、切っ先をぐいと金丸へ突き出す。

「去れ下郎。俺の気が変わらぬうちに」

なにがあっても戦はやる。金丸をにらむ王の瞳に迷いはない。

頃合いだ。

「戦勝をお祈りしております」

浅く頭を垂れ、剣を構えたままの王に背をむける。金丸が広間を出てゆくまで、尚徳は黙ったまま見送っていた。


すでに陽は地に没していた。明かりを入れず、金丸は私室にひとり籠り、闇を見据えている。戸を閉め切り、部屋の中央にあぐらをかいて闇と対峙していた。家人が声をかけてこないのは、妻の宇喜也嘉の差配である。若き妻は夫の帰宅時の顔色や態度で、なにかを察するらしく、金丸の意にそぐわぬような真似は決してしない。

「王の兵に手の者を紛れ込ませますか」

背後の闇が声を放つ。いつの間にか、耳目が部屋に来ていた。金丸が命じずとも、ここぞという時にこうして現れる。

王の兵に手下を紛れ込ませる……。

それがなにを意味しているのか、金丸はすでに悟っている。

「好きにやらせておけ」

耳目の申し出を蹴った。

「よいのですか」

老齢の間者が珍しく食い下がる。尚泰久に仕えていた頃より、出過ぎた真似をするような男ではなかった。先王に仕えていた時は、彼の身のまわりの警護と情報の収集を。金丸が譲り受けてからは、その謀議の後ろ盾となる諜報を任せてきた。すべて金丸からの命である。耳目は金丸の命をただ淡々と遂行するだけ。そういう関係がすでに十年あまりも続いている。

「なにが言いたい」

「金丸様はこのままでは、あの王に殺されてしまいまする」

王宮での問答を、耳目はどこかから見ていたのだろう。

「殺すか、あの王が私を」

「喜界島で勝利すれば、もはやあの王の自負心は歯止めが利かぬほどに膨れましょう」

「勝てるか」

前回は敗れた。

「王位に就かれたばかりで己の分を知らぬままに出兵した前回とは違い、今回は勝つための陣容を整えております。二千の兵を五十を超える舟に乗せての出兵にござります」

勝つ。

耳目はそう言っている。そして、勝てば王の自信と勢いはこれまで以上に増すと断じていた。

「もはや、事ここに及んでは、あの王が死ぬか……。それとも金丸様が死ぬか……」

「私が死ねば、お主は働き口を失ってしまうな」

「そのようなことはどうでもよいのです。金丸様が死ぬことがあってはならぬと、私は思うておるだけ」

「そこまで慕われておったとは思うてもみなんだ」

「慕う……。そんな甘き了見など持ち合わせたことがございませぬ。私にとって金丸様が不要であれば、ここで殺すのも厭いませぬ」

「今宵(こよい)はよくしゃべるではないか耳目」

「年……。なのでしょう」

老齢を言い訳にするなど、この男らしくない。が、そんな言い訳を許して問答を続ける金丸自身も、年をとったのかもしれない。

「尚徳王は、あまりにも家臣の言に耳を傾けませぬ。このままでは尚家への不満は募るばかり」

「お主がそれほどに尚家を想うておるとは知らなんだ」

「私は尚巴志王にお仕えしておりました故」

尚泰久に耳目を与えたのは、建国の王、尚巴志であったことを、金丸は思い出していた。

「王を殺せとお主は申すのだな」

闇は答えない。無言を返答に代えたのだ。

王を殺せ、みずからの手下がやり遂げて見せる……。

そう耳目は言っている。

「王を殺してどうする」

「金丸様がみずから王になられるというのは如何(いかが)か」

「お主、聞いておったのか」

妻と初めて会った時、宇喜也嘉は金丸が王になると言った。それは妻と金丸しか知らないこと。耳目はそれをどこかで聞いていたのか。

闇は答えない。

「さいわい王は戦場にむかいまする。敵の矢に射られて死ぬこともありましょう。誰も王の死を疑いはいたしますまい」

後は金丸の意のままに……。

闇が圧を持って背後から迫ってくるようだった。

腹の底に火が灯る。

金丸は背後の闇に告げる。

「私は誰にも操られぬ。お主にもな」

「決してそのような……」

「私の道は私が決める。誰に仕えるかもな」

尚徳を殺すというのは耳目の謀である。金丸のものではない。みずからが従うのはみずからの謀のみ。でなければこれまでの金丸の歩みは意味を失ってしまう。

「この戦に王の天命を賭けてみようではないか。勝って帰ってくれば、それだけの器であるということ」

「金丸様」

「王は殺さぬ。喜界島には行かずともよい」

今はまだ、という言葉は腹の奥に呑み込んだ。これ以上の問答は不要。言葉尻に圧を込め、耳目を牽制する。

「承知仕りました」

それだけを言うと、闇から気配だけが消えた。

王の喜界島遠征は十日ほどで勝敗が決した。島の首領を討った尚徳は、新たな長を島に置き、奄美（あまみ）群島を尚家の支配下に置いた。

この戦に鬼大城の姿はなかった。金丸同様、王の親征から外された。尚徳にとってこの遠征は、護佐丸と阿麻和利を討った尚泰久とみずからを重ねていたのかもしれない。

金丸と鬼大城。

先王の重臣として左右に侍っていた両名を、王の戦から排除することで、みずからの権勢の樹立を試みたのであろう。

金丸は次第に王府の中央から遠ざけられ始めていた。

*

「王の顔色をうかがう者どもが跋扈（ばっこ）しておる今の王府になど、なんの未練もない」

そう言って歯を食い縛った男を見て、周囲の者どもがいっせいに金丸を仰ぎ見る。

夜分密かに王府の役人たちが訪ねてきた。申し合わせての行動であったらしい。鬼気迫る皆の顔を目の当たりにし、追い返すこともできず、金丸は仕方なく広間に通した。

「職を辞するか」

金丸の問いに、男がうなずく。彼の瞳に逼迫（ひっぱく）した決意の光がきらめいている。

止めるな……。

青ざめ殺気走った顔が、そう語っていた。

「お前たちも同じ想いか」

広間を埋め尽くす役人たちを眺め、金丸は平静な声を投げかける。男たちは、無言のままうなずいて、堅い決意を示す。

妻や家人には、絶対に広間に入ってくるなと厳命している。男たちの物々しい気配を悟った妻たちは、金丸の命に素直に従った。酒はおろか茶すらも出さない。

「皆で職を辞す。それはわかった。が、何故私の屋敷を訪ねてきた。辞めるなら勝手に辞めればよかろう」

「金丸様もともに職を辞し、下野していただけませぬか」

役人たちの最前に座り、先刻怨嗟に満ちた言葉を吐いた男が言った。

殺意が広間に充ち満ちている。

誰一人刃は携えていない。そんな物騒な物など彼らには必要なかった。これだけの人数がいれば、刃物などなくとも金丸一人を絞め殺すことなど造作もない。

「なんのために」

心にはわずかな動揺がある。が、声に微塵もその気配を滲ませずに、金丸は淡々と問うた。

「あの王では国は保ちませぬ。金丸様もわかっておられるはず」

尚徳王は喜界島から帰ってきてからというもの、ますます傍若無人になった。先王の腹心である金丸の言だけではなく、みずからが決めたことに異を唱える者は容赦なく遠ざけた。かつてはそれでも、理にかなっておらぬことであれば、王もそれなりに飲み込んでいた。みずからの器量を示すために、諫言（かんげん）を聞くこともあった。

が、それも絶えた。

先王たちも成し得なかった奄美群島の領有を武力で成し得たという自負が、尚徳王を尚巴志以来の英雄だと錯覚させている。みずからの言葉は神の物。そう思ってでもいるかのように、迷いとみずからへの疑いを払拭した王は、誰の言葉も聞かぬようになった。

そうして城では、王の顔色をうかがい、機嫌取りのために甘い言葉を王の耳に入れる者が大きな顔をするようになった。

「我らとともに、あの王を……」

途中で言葉を呑んだ男が、膝を滑らせ金丸との間合いを詰めた。男の動きに呼応するように、居並ぶ役人たちがいっせいに前のめりになる。一個の殺気の塊と化した男たちの気が、上座に腰を据える金丸に集中した。居心地の悪い息苦しさを感じながらも、金丸は彼らの邪な妄念にひとりで立ち向かう。

「それ以上口にすると、私も見逃すことができぬぞ」

「金丸様っ！」

先頭の男が腰を浮かせる。

「このままあの王のいいようにさせておけば、次に殺されるのは金丸様ですぞっ！」

「私を殺すわけにはいかぬことは、王もわかっている」

先王の腹心であり、御物城御鎖之側という重職にある金丸を殺せば、役人たちが黙ってはいない。次は己という恐怖が、皆を叛意に走らせることを、尚徳王はわかっているはずだ。

いや……。

その程度の了見すら失っているから、目の前の男たちのような者が生まれるのか。

腹の底でほくそ笑む。みずからが城内に蒔いた種は、思ったよりも強く太い幹を持った大輪の花を咲かせようとしているようである。

金丸は正々堂々、王と相対しただけだ。自尊心の塊である王は、先王の腹心の生意気な態度を決して許さないと踏んでのことである。

あの金丸でさえ容赦のない叱責を受けるのだ。次は我が身か……。

王の僕(しもべ)たちは皆、そう思ったはずだ。そうしてばら蒔かれた邪な種は、城内で増え続け、いまこうして金丸の前に返って来た。

「金丸様を生かしておくなどという分別など、もはやあの王にはありませぬ。尚徳王は喜界島から戻ってこられてから変わってしまわれた」

「お前たちは私をどうするつもりだ」

　彼らの存念はわかっている。金丸をどう利用しようとしているかも、聞かずとも知れている。

「我らの旗頭になっていただきたい」

「嫌だと言ったらどうする。この場で私を殺すか。王を殺す前に、景気付けに私を血祭りに上げるか」

「金丸様……。そのようなことを申されると……」

「申したらどうだと言うのだ。殺さねばならなくなると申すか」

「お止めください」

「止めぬ」

　詰め寄る金丸に、役人たちがじわじわと腰を浮かせる。先刻まで前のめりであった男たちの心が、揺らいでいるのが手に取るようにわかった。

　旗頭がなければ、彼らは動けぬのだ。金丸という旗を振る者の背に従うことで、王を殺すという大それた真似ができると信じている。

　できない。

　なにかに頼らねば事を起こせぬ者に、本当の決起などできるわけがない。

きる。

それでよいのだ。

旗頭がいなければなにもできない烏合の衆であるからこそ、意のままに操ることができる。

しかし、旗頭は金丸であってはならぬ。

王に反旗を翻すことはないという姿勢を、最後まで崩すつもりはない。

事を起こすにはまだ早い。王の権威はまだまだ盛んだ。時はまだ熟してはいない。

「ここに集うておることが王に知れれば、私もお前たちも無事では済まぬ。謀反の企てありと騒ぎ立て、これ幸いと私の首を刎ねるやもしれぬ」

「そうならぬうちに、こちらから……」

「私は王を殺すつもりはない。王あってこその首里王府ぞ。臣が王を殺し、新たな王を立てる。そのような筋違いな真似をして、民が静謐に治まるはずがなかろう」

正確には王を殺した臣には、民を治めることなどできぬ、である。

「帰れ。今宵のことは忘れよう」

「金丸様」

「それともやはりこの場で私を殺すか。ならば、さっさといたせ」

烏合の衆に殺せるわけがない。

「どうしても……。お聞き届けくだされませぬか」

「私は西原の領主、御物城御鎖之側の金丸だ。それ以上でも以下でもない」

男たちがざわめいている。なにやら語らい合っていた役人たちが、先頭の男に耳打ちをした。男も納得したように深くうなずき、金丸へと厳しい目をむけ、深々と頭を下げた。

「夜分遅き推参、御無礼仕りました。金丸様の存念、よくわかり申した。我らは退きまする。今宵のことはなかったことにしていただきたい」

「わかった」

金丸の返答を聞き、役人たちは広間から消えた。静謐を取り戻した部屋の片隅に、闇がくぐもっている。

「耳目よ」

返答はない。

「其方に新たな役目を与えようと思う」

「なんなりと」

「安里大親(あさとうふや)という男がいる。此奴はお主と年恰好が変わらぬ」

かねてより城中で目を付けていた男だ。このあたりで策を大きく進めようと思う。

「此奴は、護佐丸の兄でありながら、弟の謀反の折にも連座を逃れた。その素性もあって、城内でも慕う者が多い。此奴に成り済ませ」

「承知仕りました」

まるで肉を買って来いと頼まれたような気安さで、耳目は答えた。

「一族郎党、その一切を我が手の者に入れ替えまする」

「その辺りのことは任せる。もちろん、城内に目を光らせることも忘れるなよ」

「わかっておりまする。ところで金丸様」

応えず、老いて掠(かす)れた声の続きを待つ。

「これまでに幾度か、我が手下が金丸様に迫ろうとしていた刃を退けておりまする」

「そうか」

「おそらくは……」

「わかっておる」

金丸の言葉を聞いた闇は、そのまま沈黙した。

「安里大親の件と首里城内のこと、くれぐれもぬかるなよ」

「はは」

闇の気配が消えるのを確かめてから、金丸は妻の待つ私室へと足をむける。

躰は鉛のように重く冷めきってしまっているのに、腹の底だけが焼けるように熱かった。

＊

琉球本島の東に位置する久高島（くだかじま）は、アマミキヨ神が初めて降り立った五穀発祥の地である。尚家の王は、神聖なるこの島に代々参詣に訪れていた。

当然、尚徳王もこの地を幾度も訪れている。久高島の神女であるクンチャサの美貌に、尚徳王は心を奪われ、二人は深い仲となっていた。クンチャサとの逢瀬（おうせ）のため、尚徳王は先の王よりも足繁（あししげ）く、久高島を訪れている。

王府で定められた王の久高島参詣は二年に一度であった。王の神女との逢瀬の際とは違い、この参詣は、王府の正式な行事である。王が引き連れる臣の数も段違いに多い。

参詣には金丸も同道した。先王、尚泰久の頃よりの慣例であったし、御物城御鎖之側という役職上、久高島への同道は王の好悪に左右される事柄ではなかった。

王は久高島への参詣を滞りなく済ませた。神女との逢瀬のために日程を曲げるような愚かな真似もせず、淡々と予定を済ませ、首里城への帰路に就いた。

だが。

変事はその道中に起こった。

己を見ることを厭うように宙をにらむ王の袖にすがるようにして、金丸は頭を垂れた。

「どうか、もう一度お考えいただけませぬか」

「黙れ、帰ると言うたら帰る」

「与那原にて随行の臣を労うは、尚家代々の習わしにござりまする。この地にて臣の疲れを癒してこそ、臣、ひいては民の忠節を得ることができるものと……」

「酒と食い物で労わねば、臣どもは俺に忠を示さぬとお主は申すのか。腹を満たす餌で臣を釣ろうとするなど、下賤なお主の考えそうなことだな」

「決してそのようなことはありませぬ。先王からの慣例にござりまする」

「べらべらと小賢しいっ！」

叫んだ王が、袖をつかむほどに近づいていた金丸の腹を蹴った。いきなりの衝撃で、おもわず後ろに後ずさった金丸は、背後から差し伸べられた役人の手で支えられ、なんとか転倒だけは免れた。

「俺は首里への道を急ぐ。先王たちの慣例など知ったことではないっ！　臣を酒食でもてなして媚びへつらわねばならぬほど、俺は弱き王ではないわっ！」

「それは違いまする」

蹴り飛ばされた間合いだけふたたび歩を進め、金丸は王の袖をつかむ。

「放せ下郎っ！　お主に触られると衣が汚れるわっ！」

袖を振るって手を払おうとする王であったが、金丸は執拗につかみ、憎しみに満ちた瞳を必死に見上げる。

「王が王であるのは、臣、按司、民があってこそ。王はひとりでは王ならず」

「お主という男は……」

見下す尚徳の額に黒々とした筋が浮かぶ。笑みの形にゆがんだ唇の隙間から覗く黄色い牙が、憎しみに満ちた音を鳴らす。

それでも金丸は王に縋る。

「宴を開くことを進言しておるのではございませぬ。王の……。尚徳様の御心を諫めておるのです」

「伊是名の百姓めが、そのよく回る舌を止めろっ！」

「止めませせぬ」

袖をつかんだまま身を寄せる。偉丈夫の尚徳の分厚い胸板に顔を寄せるようにして、金丸はなおも追い縋る。

「このまま臣や民を蔑ろにしておれば、かならずや悪しきことが起こりまする。尚家の……。尚徳様の御身を想い、私はこうして……」

「黙れっ！」

王の胸と金丸の頭の隙間に、肘がめり込んだ。たくましい二の腕が金丸の頬を押す。

両者が開いたところに、王の膝がせり上がってくる。

「ぐぶっ」

鳩尾をしたたかに膝で打たれ、金丸はうめき声とともにその場にひざまずく。その頭を上から尚徳の足が押さえつけ、顔が土にめりこむ。

「お主は何様のつもりじゃっ！　答えろ金丸っ！　王は誰じゃっ！　お主かっ。違うっ！　王は俺だ。この尚徳がこの国の王だっ！　お主は父上に拾われた伊是名の百姓ではないかっ！　身の程を知れっ！」

土が口を押さえているから、答えようがない。手足をばたつかせるような無様な真似はしたくなかったから、踏まれるままに任せていた。土が鼻と口を覆っているから、次第に息苦しくなってきたが、それでも金丸は地に手を突きひれ伏し続ける。

やれ……。

もっとだ。

土にめり込んだ唇が異様なまでに吊り上がっているのを王は知らない。周囲で息を呑む役人たちにも、金丸の笑みは見られてはいない。

膨れるだけ膨れ上がった自我を持て余す暗愚な王の機嫌を、これでもかというほど逆撫でしてやった。逆上した王が金丸を責めれば責めるほど、周囲で見守る男たちは震えあがる。

手足の指から力が抜けてゆく。じきに意識が途絶えるはずだ。それでも、王の怒りに身を任せる。

「っ！」

死を間近に感じた刹那、急に頭が軽くなった。心より先に躰が生にしがみつく。

「ぐはっ」

のけぞった金丸の大きく開いた口から一気に息が入ってゆく。天を仰いで幾度も咳をする家臣を見下ろす王の瞳が、小刻みに左右に揺れていた。みずからの所業に驚き、恐れ戦（おのの）いているようだった。

王の前で大の字になって寝転がっている無礼を悟り、金丸は身をひるがえして膝を折り、平伏した。もちろんすべては、周囲の男たちに見せつけるための演技である。

「我を忘れ、お見苦しき姿を見せてしまいました。何卒御容赦いただきたく……」

「うるさい、黙れ」

足元にひれ伏す父の腹心から目を背け、王がうつむいた。喜界島では兵の先頭に立って武勇を誇った王が、人ひとり殺すこともできないひ弱な男を前にして震えている。

「お主ごときがなんと言おうと無駄だ。俺は首里へ帰る」

そこまで、臣下への供応を拒む理由が王にはない。金丸から諫言を受けたことに腹を立てただけのこと。

子供だ。

ここまで我を張るような男ではなかったと思う。少なくとも喜界島へ行くまでは。たしかに余人の言に耳を貸さない傲慢さはあったが、人の目を気にするだけの細やかさはあった。金丸を足蹴にすれば、按司や家臣たちが王のことをどう思うか。みずからに寄せられている忠義の心の変容に、気付くだけの度量があった。思うままになる者だけを側に置き過ぎたのだ。みずからに逆らう者と接することがなくなってしまったことで、久方ぶりに金丸からの諫言を受けて逆上し、なにも見えなくなってしまったのであろう。

哀れ……。

望み通りの王になってくれたことに、金丸は身振いするほどの歓喜を覚える。

「なにか申せっ！」

黙ったまま平伏し続ける金丸の態度に焦った王が怒鳴る。

やっと終わったのだ。

尚家に対する金丸の務めが。

齢五十四。

長かった。

これで思う存分やれる。

「何卒……」

微塵も声を揺るがすことなく、金丸は地を見つめ語り掛ける。

「何卒ご容赦を」

これが、王に聞かせてやる最後の言葉である。金丸はひときわ穏やかな声を、恐れ震える尚徳に投げかけた。

数か月後、金丸はいっさいの職を辞し、首里城を去り、みずからの領地へ居を移した。


珍しい来客だった。

自室に招き入れた金丸は、出口をふさぐ壁のごとき体軀を見据えながら、ゆるやかに唇を震わす。

「まぁ座れ」

板間への着座をうながす。みずからは上座に腰を据えていた。隠居の身である。必要以上の家人は置いていない。妻も分をわきまえているから、部屋には金丸と武人のふたりきりであった。

「越来から一人で来たのか」

「はい」

うながされた場所に腰を下ろしながら、大城が四角い顎を上下させた。

「供を連れておりまするると、なにかと面倒でして」

「そうであったな、お主はいまや越来間切の主であったな」

「金丸様のおかげにござりまする」

言って大城は微笑む。

愚直な武人が己の分をわきまえていることに、金丸は心の裡でほくそ笑む。

大城は尚泰久の臣であった。志魯・布里の乱の際、金丸が大城を用いて、みずからの策を遂行させた。その後の、護佐丸と阿麻和利の反乱の際も、大城は大いに働いてくれた。その功により、彼は尚泰久の娘、百度踏揚を嫁とし、越来間切の主となったのである。金丸がいなければ、大城は一介の武人で終わっていたであろう。

「不服か、越来間切の長が」

「昔のように勝手気ままなふるまいができなくなりました」

「勝手気ままを好むような性質でもなかろう」

大城は誰かの元にあることで、その才を発揮する男だ。みずからの意思で刀を振るうよりも、尚家に仕えることで、武人としての力を存分に振るうことができる。大城とはそんな男だ。

「なにをしに来た」

越来から西原内間までは大城ほどの男が馬を走らせれば、半日もかからない距離ではある。だが、越来の領主が単騎で領地を離れ、他領に現れたのには、訳があるに違いない。

「偵察……。に、ございます」

それまでの緩んだ頬を引き締めて、大城が金丸を見据えた。

「偵察だと」

「金丸様が本当に隠居しておられるか、自分の目で確かめようと思いました」

「誰に頼まれた」

尚徳、または妻の百度踏揚に。

「いや」

大城は力強く首を左右に振る。

「みずからの意思にございます。妻にも言わずに越来を出て来申した。今頃城は大騒ぎでありましょう」

悪戯(いたずら)をした童のように屈託なく笑った大城が、鬚におおわれたみずからの顎を撫で、金丸の顔を覗き込む。

昔よりもいささか不遜になった。

越来の領主となり、尚家の親族にも名を連ねているのだ。その辺りの矜持が、大城に妙な自信を与えているのかもしれない。

「与那原での尚徳王と金丸様の諍いのことは、越来の某の耳にまで届いておりまする。

金丸様が身を退き、首里を離れたと聞いた時には、さすがに焦り申した」

「なにを焦ることがある」

「戦支度を家臣たちに命じました」

「何故」

「金丸様が尚家を陥れる。そう思い申した」

実直な武人は胸中の想いを包み隠さず曝け出した。その清々しさが、金丸には腹立たしくて堪らない。清廉で愚直でありながら、腕っぷしだけで越来と尚泰久の娘を手に入れた男が、老いてなおなにひとつ成長していないことが、吐き気がするほどに腹立たしい。

だが……。

その愚直な武人が、戦支度を整えたという。金丸を攻めるために。

反吐が出るが、敵に回すと厄介な男である。

「私はこれまで尚家のために身を粉にして働いてきたのだぞ。何故、私が尚家を陥れるのだ」

「金丸様が心血を注がれた尚家とは、尚泰久様が王である尚家。尚徳様の尚家ではありませぬ」

違う。

金丸は金丸自身のために働いた。尚泰久はその駒に過ぎない。

「尚徳王に対する諸国の按司や役人たちの不満は日々高まっておりまする。王への不満が高まるにつれ、金丸様に対する期待も高まっておりまする」

「そのようなこと、どこで聞いた」

「噂がほうぼうから某の耳に入って来まする。尚家では国は保たぬ。国を無事に治めてくれるのは金丸様だと」

噂を広めたのは安里大親だ。もちろん、金丸の差し金である。

しかし耳目は発端に過ぎない。

尚徳の横暴に不満を持つ按司や役人たちの間で、金丸の存在が大きくなっていた。そう仕向けたのも金丸自身である。家臣たちの前で尚徳に苛まれ、みずからの存在を知らしめた上で首里を去った。揺れる群臣の心に、尚泰久を王にし、護佐丸と阿麻和利を討って尚家に権勢を集めたのは、金丸の手腕によるものだということを、耳目の手下たちを使い広めたのだ。嘘は言ってはいない。金丸がいなければ、尚泰久が王になることはなく、尚徳が今のような権勢を誇ることもなかった。

結果、いま首里城に仕える者たちの間で、金丸の復権を期待する気運が高まっている。

「大城よ」

金丸は、一度は己と並び称された男の名を呼んだ。越来の武人は口を真一文字に結んで、言葉を待っている。

「お前は私が王座を狙っておると思うておるのか」

「でなければ、自分からすべての職を辞して西原に退くようなお方ではありませぬ。某の知る金丸というお人は」

「だとしたら、お前は私を見誤っておったということだな」

大城の右の眉尻がかすかに震える。

「私は王になどならん。なるつもりもない」

「本心からの……」

「お前は王になりたいと思うておるのか」

「そ、某でござりまするか」

追及の矛先を変えてやると、領主となってもなお純朴さが抜けぬ武人は、一瞬声を失った。

「某は器ではありませぬ。しかし、金丸様は……」

そこまで言って、みずからが続けようとしていた言葉がなにを意味するかに気付き、愚直な武人はあわてて口をつぐんだ。素知らぬふりをし、金丸は問いを投げる。

「お前は私が尚徳様を殺すつもりだと思うておるのか」

「いや……。そこまでは……」

後ろめたさに耐えられぬように、大城が目を逸らし、己が膝に視線を落とす。

「王になるということは、そういうことであろう」

詰め寄る。

大城は膝を見たまま動かない。

どこまでも……。

武のみに己が命を捧げて生きてきた男なのだ。大城という男は。裏がない。だから金丸は、嘘偽りで愚直な武人の目を塞ぐ。

「王などなるものではない。己の身ひとつで、国の民すべての欲を背負わねばならぬ。皆を食わせることができねば、たちまち玉座を負われ首を刎ねられる。絶えず周囲の目を気にし、思惑をうかがい、みずからを曝け出すこともできぬ」

「尚徳王は曝け出しておられまする」

「だから臣の忠が離れようとしている」

大城の相槌に答え、金丸は静かに首を振る。

「恨んでおられたのではないのですか」

唐突に大城が問う。金丸は真意を読みかねて、口をつぐんで続きを待った。

「金丸様を殺そうとし、島を追い出した伊是名の男たちを。悪い噂を信じ、金丸様を打ち据えようとした辺戸の者たちを」

「それがどうした」

「王になれば……」

「復讐ができると言いたいのか」

大城は黙って骨ばった顎を上下させる。

「王になって、なにをするのだ。私を殺そうとした者たちの多くはまだ生きているだろう。彼らを王府に呼び出して首を刎ねるのか。あの時は無礼な真似をしてくれたなと、一人一人に声をかけながら、命乞いを聞かずに笑いながら殺してゆくのか」

「いや……」

「若い頃はそんなことを思うたこともある。いや、一度本当に復讐しようとし、使者を伊是名に送ったこともある。が、結局はなにもせぬまま手を引いた。馬鹿らしくなったのよ」

無言の武人に微笑をむけながら、金丸は続けた。

「復讐などしてどうなる。そんな王に民が付いてくると思うか」

そもそもあまり口論が得意ではない越来の武人は、立て続けに投げかけられる金丸の問いに返す言葉が見つからず、顎を硬直させてしまっている。

そんな大城を責める事に、楽しみを覚え始めていた。

金丸は立て続けに言葉を浴びせかける。

「たしかに私は島を追われ、宜名真を出て、首里へと流れ着いた時には、民を愚かと断じ、いつの日か思い知らせてやると思うておった。が、尚泰久様に拾われ、自分が必要とされるようになると、次第にそんな気持ちは薄れていった。伊是名も宜名真も、いまになっては良き思い出だ」

ともに逃げた妻の顔も、いまとなってはまったく思い出せない。

「年を取ったのだ」

そう。

金丸は年を取った。

島を逃れた時は二十四だった。あれから三十年もの歳月が流れた。打ち震えるほどの怒りも、身悶えするほどの悔しさも、老いた躰の奥底に焦げのようにこびり付き、完全に熱を失ってしまっている。

三十年の間に、金丸の身中に燃え盛る炎は変質していた。

己を苦境に立たせた者たちだけではない。

民だ。

琉球に住まうすべての者を、静謐なる支配によって統べる。王は、民を支配することによって権威を得る。民は支配されることによって安息を得る。両者の間に差異などないのだ。

揺るぎなき政を執行しうる王こそが、この国には必要なのだ。そして、それを成し遂げ得る存在は、この国にはただ一人しかいないと、金丸は信じている。

もはや復讐などという矮小な想いに囚われるような狭き了見など持ち合わせていなかった。

「王府への……」

分厚い掌に包まれた己の膝を見つめながら、大城が問いを連ねる。

「未練はないのですか」

「さっきからどうしたのだ。お前は私に王府に戻ってもらいたいのか。尚徳王と戦ってほしいのか。尚家はお前の縁者であろう。尚徳王と戦うということは、尚家を滅ぼすということだ。それがお前の望みなのか」

「いや……」

「私は王府を離れた。これ以上、尚家に関わるつもりはない」

「もし、王が金丸様の領地を取り上げると仰せになられたら如何なさるおつもりか」

「従う」

「よいのですか」

「もともと先王にもらった土地だ。尚家に返すだけのこと」

大城がなにを求めているのかはわからない。が、用心に越したことはない。尚徳王へ反旗を翻すつもりで、金丸をそそのかしに来たのかもしれぬが、みずからの野望にこの男を加えるつもりはなかった。だから、どこまでも偽りで煙に巻く。

「もともと何も持たずに首里へと流れ着いた身だ。もとの無一文に戻るだけだ」

「あの頃とは違いまする。妻子があられまする」

「あの時だって、妻と幼い弟がいた」

大城が頭を持ち上げ、金丸と正対した。その目には寂しげな光が湛(たた)えられている。

「私をあまり買いかぶるな」

「お変わりになられましたな金丸様」

「変わってなどいない。元から私はこういう男だ」

「いいえ。某の知る金丸様は野心のみに生きられるお方でした。このようなところで、余生を穏やかに暮らすような人ではありませなんだ」

獣の勘……とでもいうべきか。

金丸は偽りの笑みを唇に貼り付けながら、穏やかな声を投げる。

「ここまで来られただけでも上出来だ。私にしてみれば」

「老い……。でございますか」

「どう思われても構わん」

大城が立ち上がった。

「金丸様がそれでよいのなら、これ以上はなにも申しませぬ。もう二度と会うこともありませぬ。余生を穏やかにお過ごしくだされ」

「葬儀には来てくれ」

「金丸様の骸など見たくもありませぬ」

言って背をむけた大城を、金丸は見送らなかった。

*

日々が緩やかに過ぎてゆく。

領主であるといっても、首里城にいた頃のように日々忙しなく仕事があるわけではない。御物城御鎖之側として国の外交と那覇や久米村を取り仕切っていた頃に比べれば、西原での務めなど金丸にとっては仕事とも呼べぬ代物であった。

その分、思うままになる時だけは腐るほどある。城勤めの頃に目から火が出るのではないかというほどに文書と格闘していたから、書を紐解くような気にもなれなかった。第一、五十を越えてから、文書を読むことが苦痛になっている。だから雨が降らぬ時は、大抵外に出た。

わずかばかりの自分用の田畑を持ち、土と戯れたり、四歳になる息子と領内を歩いたり、毎日日が昇ってから、その日の心持ちでやることを決める。働けと急かす者もいない。代り映えのない毎日を、金丸は健やかな心持ちで送っていた。

表向きは……。

実際にやることはほとんどない。金丸の行く末を決する事柄は、首里城内で起こっている。隠居している金丸には、手の施しようがない。

安里大親に成り代わった耳目とその手下たちにすべてを託している。

それでいいのだ。

どれだけ焦ってみても、みずからが首里に戻るわけにはいかないのである。金丸の扇動によって首里城内の群臣たちが反旗を翻すという図式だけは避けなければならなかった。

あくまで金丸は傍観者なのだ。

王を殺した者に民は付いてなど来ない。力で頭を押さえつけることはできる。が、それでは絶対的な支配は叶えられない。心から王を信奉してこその支配なのである。揺るぎなき政と信望こそが、民の支配を強固にするふたつの車輪なのだ。

だからこそ、金丸は西原の地で耳目からもたらされる報せを待つ日々を送っている。

その間は……。

隠居を楽しむ好々爺（こうこうや）を演じなければならない。

気が長くなった。昔ならば耳目たちの動きが気になって、首里に舞い戻っていただろう。みずからの策を誰かに放り投げたまま、数か月も待ってなどいられなかった。

年を取るのも悪くないと、金丸はしみじみと思う。ここで下手に動けば、尚徳も警戒する。耳目とその手下も動き辛(づら)くなるだろうし、なにひとつ良いことはない。

待つのだ。

いや。

待てる。

老いた故に辿り着いた境地であった。


「済まぬな」

半歩後ろを付いてくる妻に、行く末を見つめたまま金丸は声をかけた。ぶら下げた右手に柔らかいぬくもりを感じている。幼い息子の節のない丸い手が、老いた父の指を縋るように握りしめていた。まだまだ覚束(おぼつか)ない息子の短い歩調に合わせるように、親子三人ゆっくりと道を行く。青々と生い茂った木々の隙間から漏れてくる夏の日差しに照らされながら、親子は当てのないままに歩き続ける。

「どうしましたか」

突然の夫の謝罪に、宇喜也嘉が明るい声で問う。妻は二十四、その張りのある声には生気が満ち溢れている。

「王になれなんだ」

敵を騙すならばまずは身内から。妻にも一線から身を退いた老人と信じ込ませる。

妻は黙したまま、金丸と息子の後を追っていた。静かな気配を背に感じながら、勘働きの鋭い妻に偽りの言葉を投げかける。

「お前の夢は、ただの夢であったようだな。私はこの地で果てる。もしもまだ、お前が妃になりたいのなら、離縁しても構わぬぞ。お前はまだ若い。死にゆく者に付き合わずともよい」

「樽金の前ですよ」

夫をたしなめながらも、宇喜也嘉の声は明るい。樽金は息子の名だ。

真加戸樽金。

父である金丸の金の一字を受け継いだ名である。

四つになる樽金は、言葉を覚え始めたばかり。父の言葉をどこまで理解できているか。それでも妻は、弱気な父の言葉を息子に聞かせたくないのか、金丸をたしなめた。

ふたたび三人して無言のまま歩く。穏やかな日差しではあるが、金丸は少しだけ辛さを感じる。汗をかく。元来、体力のあるほうではない上に、五十の坂を越えてからめっきり足腰が弱くなったせいで、汗をかくほどに躰を使うと、たちまち息が切れて膝が思うように曲がらなくなる。

老いた……。

死の気配を濃く感じるようになった。

金丸には時がない。

「少し休みましょうか、樽金も疲れているようですし」

振り返ると宇喜也嘉が、木陰に設えられた椅子のほうを見て笑っていた。

土地の者が置いている雨ざらしの椅子に金丸は腰を落ち着け、ひと息つく。父の膝の上にちょこんと座りながら、樽金が垂れ下がった足を上下に揺らして笑っている。

木陰に身を寄せて立つ宇喜也嘉の手が、金丸の肩に触れた。

「貴方様はまだまだ死にません」

ささやくように言った妻の手から伝わる熱が、じんわりと金丸に染みてゆく。若き気を注ぎ込まれているのか、なんとも心地よい。気を抜けば眠ってしまいそうになるのを、背筋を伸ばし深く息を吸いながら堪える。

弱気は毒だ。

これまで一人でやってきた。

これからも一人でみずからの信じた覇道を行く。

妻も子も金丸の背を追う者に過ぎない。

　金丸の心中など知らぬかのごとく、妻は優しく肩を撫でながら穏やかに語る。

「貴方様が壮健でいらっしゃれば、妾も樽金もそれでいいんです。どうか、御心を強くお持ちになられてください。貴方様は妾と樽金の太陽なのですから」

　言った宇喜也嘉が、茂る葉のむこうに輝く陽光を見上げ、目を細めた。

「私が太陽……」

「はい」

　ずっと闇の中を歩いてきた。闇に紛れ島を逃れ、人の目を避けるようにして首里に流れ着いた。王府に仕え始めてからは、尚泰久の背後に隠れ、常に影に身を潜めて生きてきたつもりだ。

　そんな己が太陽……。

「ふふ」

　思わず笑っていた。肩から手を離した妻が、回り込んで金丸の顔を覗き込む。

「なんで笑うんです」

「わだうんでぇず」

　母の口調を真似するように言った樽金と視線を合わせ、宇喜也嘉が声を上げて笑う。

　安穏……。

　妻と子のぬくもりを実感しながらも、なお満ち足りぬ己が欲望に呆れ、金丸は自嘲の笑みを浮かべた。それを安息の笑みと勘違いした宇喜也嘉と樽金が、笑い声で応える。

家族との暮らしさえも偽りだった。

＊

「相違ないのだな」

問う声に歓喜が滲まぬよう、金丸は気を引き締める。妻さえも入れることのない書庫の隅で、震えている弟をにらんでいた。

「相違ありませぬ」

宣威は毅然（きぜん）とした声で答えた。書庫の中央で揺れる灯火に照らされた弟の顔は、幽鬼に魅入られでもしたのか、明かりを受けてもなお青ざめている。

待ちわびていた報せだった。

すでに耳目からは結果を知らされている。が、金丸の策謀を露ほども知らぬ弟からもたらされた報せが、揺るぎない事実であることを思い知らせてくれた。

金丸の関与を弟は知らない。当然、知らぬ体で語る。

「まだ、二十九だぞ」

弟は答えない。

問いを重ねる。

「身罷られた時のご様子は」

「床に入り、朝になって側仕えの者がうかがうと、すでに事切れておられたと……」

尚徳王が死んだ。二十九歳という若さであった。

耳目たちに扇動された反尚家の群臣たちの手にかかって。

決行を命じたのは、もちろん金丸である。首里城内で反尚徳の密約に与する者が七割を超えたという報せを受けての決断だった。

尚徳という思い上がった男が王になったことで、家臣たちの間に不満の影が芽吹いていたのは間違いない。金丸は城に差した影を育てただけだ。みずからが王に虐げられる様を見せつけ隠居し、安里大親となった耳目とその手下たちを反尚家の群臣たちのなかに潜り込ませて、その数を増やし、ついに王を殺すというところまで漕ぎつけたのだ。

打ち震えるほどの歓喜が、金丸を支配している。本当ならば両の拳を突き上げながら叫びたいところなのだが、なにも知らぬ弟の前では王の死に驚く老人を演じなければならなかった。

「前日まではどうだったのだ」

「普段と変わりなかったようです」

「壮健であった王が床に就き、次の日には死んでおった。そういうことか」

「はい」

「まさか」

金丸の偽りのつぶやきを耳にした弟がささやく。

「表向きは……」

「妙な言いぶりは止めろ。知っておることはすべて話せ」

いつもと違う金丸の声に、弟の喉が大きく上下する。金丸が職を辞し身を退いた後も、宣威は首里城に残り、王に仕えていた。立場もそれなりに高位である。多くの者が知らぬことも、耳にすることができるはずだった。

「朝になって身罷られておったというのは、嘘なのだな。王府が家臣たちに告げた虚報であるのだな」

「はい」

「見たのか」

「いいえ、ですが信頼のおける者からの報せにござりまする」

「話せ」

金丸はすでに知っている。耳目からの報せで。が、なにも知らぬ体のまま、弟から聞くことに意味がある。

「その日の務めを終え、奥へと下がろうとしていた王を数名の家臣が取り囲み、無理矢理なにかを飲ませたのだそうです」

「毒か」

「それを飲んだ王は、喉をかきむしるようにして苦しみ、血を吐いて倒れ、そのまま動かなくなったと」

「殺されたのだな」

　無言のまま弟がうなずく。

　耳目たちの仕事ではない。耳目たちが密かに殺すつもりであれば、誰かに見られるような愚かな真似はしない。焚きつけられた反尚家の群臣たちの仕業であった。

　これも、金丸の命である。

　王は殺されたのだという噂が王宮を駆け巡ることで、尚家に忠誠を誓う者たちに命の危険を感じさせるためだ。敵は王であっても殺すという現実が、反抗する意思を萎えさせる。そのためにも、王が死ぬ様を見られる必要があった。

　耳目は上手くやった。滲み出そうになる笑みを必死に封じ込めながら、神妙な面持ちを保ち、弟に問いを投げる。

「王が死んだ後に、宮中は乱れなんだのか」

「虚報を流し、それを聞いた役人どもの大半は、騒ぐことなく王の喪に服するために城を辞しました。不審に思った者も数名おりましたが、次の日には消えておったか、他の役人どもと同じように口を閉ざして喪に服すために屋敷の戸を固く閉ざしてしまいました」

「王の家族は」

尚徳王には妃に側室、それに複数の男児がいる。豪壮な王であった。房中の欲も深い。ただ、王として複数の妻を娶り、多くの子を作ることは務めの一環ともいえるから、取り立てて尚徳王が欲深かったともいえない。

「皆、口を閉ざし、王の死を悲しんでおります」

「口と動きを封じられておるのか」

親族の動きを制してはいない。ただ、監視は怠るなとだけ命じている。

「わかりませぬ。ただ、妻子のいずれも王の死が不審であるとの声は上げておりませぬ」

金丸は思い出していた。

与那原で王に叱責を受ける数日前、首里城下の金丸の屋敷に群臣たちが詰め寄せたことを。あの夜、王を殺す陰謀に加担せよと、男たちが金丸に詰め寄った。役人どもの暗き瞳を、金丸は今でも忘れていない。

一年前のことだった。

あの日から、策謀は始まったのだ。

安里大親に成り代わった耳目を使い、旗頭を求める群臣たちを束ね、数を増やし、王を殺すための謀議を重ねさせた。

長かった……。

弟がささやき声を届けようと、身を寄せる。

「もしかしたら、すでに王城のなかには尚家の味方はおらぬのやもしれません」

「後継は志義様か」

尚志義は尚徳王の長子である。

「それが……」

弟が目を伏せ口ごもった。兄弟がこうして西原で語らい合っている間にも、刻一刻と城内の状況は変わっている。王を殺した耳目たちの思惑と、それに与せぬ者たちの間で、綱引きが繰り広げられていることだろう。

それすらも金丸の謀の裡である。

群臣たちの口から安易に己の名が出てはいけないのだ。尚家にはまだ、王統を継ぐ者が残っている。

「志義様はまだ幼い故、それを危惧しておるのか」

「そういうことではないようなのです」

「はっきり申せ」

「法司、王察都殿の主導で、次王を定めるために御広庭に群臣を集め、しきりに語らい合っております」

御広庭は首里城正殿前の広場である。法司は政を執行する役人の最高責任者だ。この男は謀議の埒外にある。清廉を地で行く堅物が、味方するわけがない。端から頼りにしていない。

「王察都殿が取り仕切っておるのなら間違いはあるまい。すぐにでも次王が決まるであろう」

「しかし、そうなっておらぬようなのです」

「何故だ」

「群臣たちは固く口を閉ざし、王察都殿も次王の名を口にせぬのです」

「意味がわからぬ。群臣を集め、語らい合っておきながら、誰も口を開かぬとは、いかなることだ」

「なにか……。思惑があるのではありますまいか」

灯火に揺れる弟の瞳に、紅き焔が灯る。

「兄様はなにか知っておられるのではありませぬか」

「どういう意味だ」

「私はそれを問いに、馬を走らせ推参いたしたのです」

宣威は疑っている。今回の謀に兄が加担しているのではないかと。さすがは己が弟である。その程度の勘働きは備えているらしい。

「私はなにも知らぬ」

絶対に弟を謀議の裡に入れてはならない。最後の最後まで、弟は潔白でなければいけない。弟の潔白が、首里にいない金丸への疑いを遠ざけてくれるのだ。

今回の謀議の裏に金丸がいることは、耳目以外には誰も知らない。屋敷を訪れた群臣たちも、追い返されて以降、一度も金丸の前に現れてはいない。安里大親こそが、今回の謀の旗頭であると信じていた。

宣威にはどこまでも偽りで応える。

「王を殺すつもりなら、首里城を離れはせぬ」

「真でございまするか」

「真じゃ」

「合議の沈黙。そは群臣たちに〝存念〟があるからに違いありません」

「私を王にする、ということか」

「兄様っ！」

「勘違いするな」

鼻息を荒らげる弟を冷たく律し、金丸は言葉を継ぐ。

「一年半ほど前であったか。私が城を辞す数か月前のことだ。城の役人どもが首里にあった私の屋敷に押し掛けて来た。そして、尚徳王を殺すから、王になってくれと頼んできおった」

「兄様はそれを……」

「もちろん断って、追い出した。それからすぐに与那原で王に叱責を受け、首里を離れた。それ以来、役人どもには会うてはおらん。私は、あの時の者どもが今回の暗殺を実行したのではないかと思うておる」

「おそらく、そうでしょう」

深い深いため息を吐いた弟の眉間に、濃い皺が刻まれる。年の離れた弟も、すでに四十になっていた。灯明の火に浮かび上がる顔に、疲労の影が滲んでいる。

「兄様」

「なんだ」

「尚家はすでに臣の忠を失っております。尚徳王はやり過ぎました。ただでさえ王府の財政は苦しくなっていたというのに、喜界島への侵攻を強行し、諸国の按司の不満を高めてしまった。奄美群島を支配したとて、按司たちに分配できる富などわずか」

大陸との交易は、年々縮小の一途を辿っていた。御物城御鎖之側として那覇港での交易の差配をしていた金丸は、身をもって知っている。大陸へと渡る舟の数は年を追うごとに減っていた。

そんな最中での喜界島への侵攻であった。

奄美群島と明国では富の規模が違う。その差は比べることすらむなしくなるほどの、大きさだ。奄美を手にしたとしても、尚家にもたらされる富は微々たるものである。そんなわずかな富よりも、海を渡る戦によって払わされる多大な犠牲のほうが、諸国の按司たちには重く伸し掛かった。尚家への信望は薄れ、権威が失墜してしまうのは当然のことだといえた。

だから金丸は止めたのだ。

あの男は、先王の腹心であった金丸を、目の敵にしていた。己は父とは違うと鼻息を荒らげれば荒らげるほど、金丸の献策を遠ざけるようになった。金丸が侵攻に反対すれば、尚徳は兵を出す。そう踏んだ。

そして尚徳は実際に侵攻を決行し、尚家の失墜を招いた。

「このままでは、尚家は保たない。だからといって、次の王はいない……」

宣威の妖気を帯びた視線が兄を射抜く。

「私は兄様がどうなろうと、味方です。それだけはお忘れなきよう」

*

闇が帰還した。

安里大親という偽りの身を首里城に残して。

「宣威殿が申しておられることは、すべて事実でござります」

耳目の言葉を黙したまま受け、金丸は闇をにらみ微笑む。

「王察都が次王の名を口にせぬそうだな」

「もはや尚家に先がないことは、あの法司にもわかっておるのでしょう。いまさら尚徳の子らを擁立したところで、按司たちはおろか、首里城内の群臣たちも黙ってはおりませぬ」

「我が名は出ておらぬのだな」

「決して」

その辺りは巧妙に耳目が目隠ししてくれているのだろう。あくまで旗頭は安里大親なのである。一年半前、群臣たちを屋敷から追い払った時から、金丸は謀議の埒外にあるのだ。

「お主の名は」

「まさか」

耳目が鼻で笑う。

「某はすでに老齢。今度の件は琉球の行く末を案じた末の義挙であると、皆信じておりまする」

生前の安里大親は私利私欲に走る男ではなかった。年恰好だけではなく、そのあたりの性分も、耳目に成り代わらせた要因であった。

「それにしても上手く成り代わりおったな」

「欲のない男で、群臣たちとも深く交わらず、めったに首里に姿を現さない。安里におる身近な者たちをすべて入れ替えてしまえば、後は容易きことでござりました」

平然と言っているが、要は安里大親の周囲の者すべてを、己が手下に入れ替えたのである。もちろん、始末して。

「護佐丸の兄であるというのもよかった」

「もちろん、それも考えた末だ」

「そうでありましょうな」

闇が笑う。

「そろそろ……」

金丸は安里大親の顔に変貌した闇を見据える。

「我が名が王府で聞こえてもよい頃合いではないか」

「群臣どもの語らい合いも煮詰まってまいりました。そろそろでござりましょう」

「民を静謐に治めることができるのは誰なのか。皆わかっておろう」

「某のひと突きで、すべては終わりまする」

確信を持った耳目の心強い言葉に、金丸は満足の笑みを浮かべた。

*

正殿前の御広庭に集った尚家の臣たちは、議が決する気配を感じ、誰の顔にもこれまで以上の緊張が貼りついていた。

「もう幾日も語り合った。今宵で終えようではないか」

法司、王察都が声を張る。誰もが法司の言に同意のようで、静謐な気が御広庭に満ちていた。

「尚徳王の長子、尚志義様を……」

仕方なくといった諦めの口調で、法司が切り出した。

「待ったっ！」

王察都の言葉を阻む声が、庭に轟いた。皆の顔が声のした下座へとむく。

男が立っていた。

翁である。

「安里大親……」

法司が翁の名を呼んだ。名を呼ばれた翁は、男たちを掻き分けるように、上座へと歩みを進める。翁の総身から放たれる他を律する無言の圧に押されるようにして、群臣が左右に割れ、王察都へと続く一本道が出来上がった。

安里大親は上座だけを見つめながら、ゆっくりと歩を進める。誰もがその姿を、固唾を飲んで見守っていた。

なにかが起こる……。

剣呑な気配をはらんだ安里大親を見つめる男たちに緊張が走る。

翁が足を止めた。

法司はまだ遠い。安里大親が立ち止まったのは、御広庭のど真ん中であった。

「皆の衆……」

翁がおもむろに声を吐く。安里大親の言葉を聞き漏らすまいと、群臣たちは一様に口を閉ざす。

「国は誰のためにあるのか」

翁は問う。答える者はいない。すると安里大親は、群臣の言葉を待たずに語りはじめた。

「国は民のためにあるのだ。一人のためにあるのではないっ！」

翁とは思えぬ覇気に満ちた雄叫びが、男たちの背筋を伸ばす。

「先王の所業を、皆は覚えておるはずだ。民も忘れてはおらぬ。臣の声に耳を貸さず、横暴の限りを尽くし、尚家の父祖の功徳を顧みず、臣や民の苦しみを理解しようともせず、己が意のままに政を執り、法も典礼もないがしろにし、忠臣を殺し、遠ざけ、思うままに民を殺めた。忘れたか先王の暴虐の所業の数々をっ！　皆はあの苦しみを忘れてしまったのかっ！」

「忘れるものかっ！」

群臣のなかから声が上がったが、安里大親はそちらに視線をむけもせず、ただ続けた。

「もはや尚家に徳はない」

それまでの昂りから一転、安里大親の重い声が御広庭に静かに伝わる。一瞬の静寂の後、男たちのざわめきが聞こえ始めた。それを待っていたかのように、翁はふたたび淡々と語る。

「このまま尚家に政を任せておれば、かならずや国は乱れよう。主なき国では外つ国との交易もままならぬ。琉球は尚巴志王が統一するより以前、いや三山以前に戻ることになろう。それだけは避けねばならん」

鼻から息を吸い、安里大親はぐるりと群臣を見渡した。

「新たな王を、我らは早急に担がねばならぬっ！」

群臣から歓声が上がる。

「民の腹を満たしてくれる者こそが、真の王であろうっ！　違うかっ！」

「その通りじゃっ！」

今度は群臣から上がった声にうなずきを返し、翁は言葉を継ぐ。

「御物城御鎖之側として那覇の現状を知り、尚泰久王の腹心として民の安寧のために働いたのは金丸殿じゃっ！　金丸殿だけが、先王尚徳に異を唱えておられたのを忘れたか。我が身を顧みることなく、喜界島への出兵を諫められ、久高島行幸の折には足蹴にされながらも家臣たちの慰労を進言なされた。先王の怒りを恐れ、誰もが口をつぐみ阿諛追従の笑みを浮かべるなかで、金丸殿だけが王の非道に異を唱えられた。金丸殿こそが、真の王にふさわしきお方であると某は思う。民もまた、それを望んでおる。そうは思わぬかっ！」

ひときわ大きな歓声が男たちから上がった。金丸を王にという声が御広庭に巻き起こる。

「安里大親」

上座を離れ、翁の側に立った王察都が、顔を寄せて問う。

「すでに金丸殿は国の政から身を退かれておる。このような大任を受けてくれるであろうか」

翁は力強くうなずく。

「金丸殿は今の琉球の窮状を見て見ぬふりなどできぬお方。かならずや我らの願いを聞き届けてくれましょう。金丸殿の登城が叶わぬ時は、我が首を法司に差し上げまする。かならずや金丸様をこの場にお連れいたしまする」

「貴殿の首など貰うてもなんの意味もないわ。かならず金丸殿を連れてきてくれ」

「承知仕りました」

*

細波ひとつない穏やかな水面だった。

みずからの屋敷で一人、金丸はなんの飾り気もない庭を眺めている。なにを見るともなく、視線を泳がせているだけ。縁に腰を据え、朝からずっとそうしている。

心はただただ静かだった。鏡のごとくに澄み渡った水面である。

王……。

やっと。

やっとここまで来た。

狂おしいほどの欲望を胸中に秘したまま、尚泰久、尚徳と二人の王に仕えた。己であれば、もっと民を安んじることができる。王の我欲ではない。決然とした政こそが、民を静謐に治めうる。そんな簡単なことすらわからない王たちの機嫌を取り、王道にとって邪魔な者を容赦なく排除し、琉球に政の網を張り巡らしてきた。

すべてはこの時のためだ。

己が王になるその時、民が法を受け入れられる土壌、王権を尊崇する心を、尚家の元で養ってきた。

「金丸様」

背後から宇喜也嘉の声が聞こえた。家人はすべて屋敷から下がらせている。いまこの家にいるのは金丸と妻子だけだった。

「お客様が来られております」

「そうか」

立ち上がって、部屋へと入る。黒く輝く床板は、朝早くから宇喜也嘉が磨いてくれたものだ。妻にいざなわれながら広間に入ってきたのは、翁ただ一人だった。金丸がうながし、翁が下座に腰を据えるのを確かめてから、宇喜也嘉が静かに部屋を出る。

「お主だけか」

「はい」

安里大親が静かに笑う。

「じきに日が暮れる」

「はい、皆を説き伏せ、馬を走らせ、やっと西原に着き申した。いやはや、さすがに疲れた。ふふふふ」

耳目であった頃には見たことのなかったさわやかな笑みを浮かべながら、安里大親がゆっくりと頭を垂れた。砕けた姿を許してやる。主の前で隙を見せることができる程の功は、今回の一件で立てている。耳目が安里大親に成り済まし、首里城に巣食う者どもを飼い慣らさなければ、金丸が王になることはなかった。

「首里城に集う者たちの総意をお伝えいたしまする」

上座で背を伸ばし、金丸は黙したまま安里大親の言葉を待つ。

「金丸様こそ、琉球国の王にふさわしきお方である。それがこの国の政を担う者たちの総意にござりまする。我らの望みをお聞き届けいただき、何卒これより首里城へ登城していただきたい」

答えはすでに決まっている。

「わかった」

「有難き幸せ」

いっそう深く安里大親が頭を下げた。

「手間を取らせた」

「なんの」

静かに上体を起こし、安里大親が目尻の皺を濃くする。

「聞きたいことがあった」

「なんなりと」

「お主、いったいいくつなのだ」

「ふふふふ」

白い鬚を揺らしながら、安里大親が笑う。

「私に仕え始めた時にはすでに、お主はその姿であった」

間者であった頃ならば、年を問うことなどなかっただろう。忠実な駒に年など不要だからだ。が、今となっては、王の片腕として働いてもらうべき人材である。聞きたいことは遠慮なく問う。

「さて、自分でも忘れてしまいましたわ。ふふふふ」

「よもや、すでに死んでおるのではないのか」

「某は幽霊(ゆうりい)ですか」

「そうとしか思えん」

「ならば、金丸様が死ぬまで、御側に仕えましょう」

「幽霊のままか」

「はい。ふふふふ」

「好きにしろ」

王になる。安里大親は、その要請のための使者なのだ。気の抜けた会話を後悔しつつ、金丸は頰を引き締めた。

「首里に参るぞ」

立ち上がる。

「金丸様が受諾なされた旨を、一足先に王城へと報せまする」

「私が城に入るまでに、掃除は済ませておけよ」

「そのための一報にござります」

翁の瞳に宿っていたのは耳目がまとった闇であった。

*

金丸、即位を受諾……。

報が城にもたらされ、御広庭で披露されると同時に、群臣から喜びの声が上がった。

その歓声は城内に轟き、歓喜の声は城に住まう尚家の親族の耳にも入った。

金丸を王に据えるということは、尚家を排することと同義である。

「王妃じゃっ！　先王の子らを探せっ！」

群臣たちが叫ぶ。それまで尚家にひれ伏していた兵たちが、彼らに連なる者たちを刃の餌食にするために城じゅうを奔走する。先刻までの歓喜の声は、悲惨な叫びへと変じた。尚家に仕える家人たちまでもが、兵の刃にかかって血祭りに上げられてゆく。彼らが探しているのは、尚徳の正室、側室、そして彼の子供であった。金丸の血族が新たな王家になるのである。古き王家の血は不要であった。

「奥じゃっ！　奥を探せっ！」

血に濡れた刃を掲げて走る兵たちは、臣下が踏み入ることを許されぬ聖域にまで土足で立ち入ってゆく。京の内と呼ばれる城の最奥に辿り着いた男たちは、傍若無人になにもかもを踏み荒らしてゆく。

「おったぞっ！　子供も一緒じゃっ！」

きらびやかな刺繍の施された緋色の衣をまとった女性が黒髪を太い指でつかまれながら、兵たちの輪の中央に引きずり出された。

「こっちもじゃっ！」

今度は幼い童が女の元に転がされた。

「妃じゃっ！　妃に間違いないっ！」

顔を見知った男が叫ぶ。白面を引きつらせ、女が目の前の子を両手に抱く。

「尚志義かっ！」

女は答えない。童は赤き袖のなかでぶるぶると震えている。

「殺せっ！　いずれにしても王の血縁に違いないっ！　殺してしまえっ！」

誰かが言った。それが合図であったわけではない。獣じみた声が途切れるよりも先に、子の頭に刃が突き入れられ、そのまま女の胸をも貫いた。動かなくなった女と童は、城壁の上から崖下へと放り投げられた。

男たちが京の内を蹂躙している間にも、城内では尚家に連なる者たちが次々と殺されてゆく。尚徳の側室、子供たち。そして、尚泰久の側室であった尚徳の母。

首をなくした子の骸。

斜めに躰を裂かれた老婆。

衣を剝がされ動かない娘。

なにもかもが紅に染まっていた。

血が城を覆いつくす。

刃が閃(ひらめ)き、血飛沫(ちしぶき)が舞う。

骸となった者はすべて王に連なる者たちであった。

金丸が即位を承諾したその日、三山統一を果たした尚家は首里城で絶えた。尚巴志の父である初代王尚思紹が王座に就いてから六十四年目のことであった。

＊

首里に着いて数日待たされた。

城内の掃除のためである。血で穢れた城に、王を迎え入れることはできぬという群臣たちの心遣いであることを承知の上で、金丸はなにも言わず、用意された屋敷で待った。すべての用意が整ったので、城へとお登りいただきたい……。

先王朝の法司であった王察都から、その報せを受けた金丸は、王の装束に身を整えてから、城へと登った。冊封によって大陸の明王朝の認可を得て王となる琉球の王たちは、明の冠服を着することになっている。冊封を受けていない金丸も、王としての体裁を整えるために、皮弁冠と皮弁服と呼ばれる明の冠と衣服を着した。

随行したのは安里大親と彼の家臣、そして今回の金丸推挙をはじめから画策していた役人たちである。その顔ぶれは、一年半ほど前、まだ尚徳が存命であった頃に首里にあった金丸の屋敷を訪れた面々であった。金丸が謀議に加担していることは、安里大親から伝えられていない。あくまで今回の懇請に、金丸が折れたと信じている。数百に達しようという官人たちに前後を守られて、静やかに城へとむかう。

幾重にも連なる城郭で構成された首里城の正門を、金丸は官人たちとともに潜った。はじめにこの城を訪れた時は、見上げることすら許されなかった門だ。役人たちの目に入らぬよう、忍ぶようにして城に入り、厩で糞と戯れる。あの頃は、下級の役人になることすら夢のまた夢であった。

前後に臣を侍らせながら進む。

小高い丘の上に築かれた城の石垣と、郭を仕切る門を越えながら進んでゆく。志魯と布里の戦によって灰燼に帰した城を建て直した頃のことを思い出す。尚泰久を王として、初めて行った仕事が、この城の修復であった。あの時は、己が王となって門を潜るとは思いもせずに、差配していた。

いつかは己も……。

野心はあった。が、それは真実果たせると断言できる代物ではなかった。

城の正殿へと至る門を潜る。正殿前の御広庭を埋め尽くすように、かつての尚家の臣たちが居並んでいた。彼らは金丸が門を潜って姿を見せると同時に、いっせいに静かな歓声を上げた。心を躍らせている明るい声に包まれながら、金丸は緋色の衣の裾を揺らし、左右に並び正殿への道を作る男たちの間を歩む。

見ろ……。

己は帰って来た。

王として。

みずからを歓迎するかつての同朋たちにむかって、金丸は己を誇示するように背筋を伸ばし歩む。

鈍い音を立てながら、正殿の扉がゆっくりと左右に開いてゆく。

何度も潜った門であった。

王に会うために。

尚泰久、そして尚徳……。

金丸の知る王は尚家の男たちであった。

皆、死んだ。

「王の御登殿であるっ！」

甲高い声が正殿内にこだまする。その声と同時に、正殿で金丸を待ち受けていた旧王家の重臣たちが、いっせいに石畳の床に膝を突いて深々と頭を垂れた。ひれ伏す男たちを見下ろしながら、空の玉座を戴く階まで金丸は静かに進んで行く。この頃には付き従っていた男たちも群臣たちのなかに消え、最後の一人となっていた安里大親も、重臣たちの群れに紛れてしまっていた。

一人、玉座へと進む。

階を見ていた視線をゆっくりと上げ、空の玉座に定めた。

尚泰久が座っていた。

「なっ……」

思わず声が漏れる。気付けばあれほど周囲に群がっていたかつての彼の臣下たちの姿はなく、ただ尚泰久と二人きり、階の上下で見つめ合っていた。金丸の足は床に縛り付けられたように動かない。尚泰久もまた、玉座の上から動こうとしない。

退いていただきたい。そこは私の席でござります……。

心に湧いた言葉が、すぐに消えた。

「退けっ！　お主は死んだっ！　護佐丸どもを殺した罪に耐えかねてなっ！　お主には業を背負う気概すらなかったのだっ！　そんな者に王など務まるわけがないっ！　退けっ、尚泰久っ！　そこは私の席じゃっ！　私こそがその座にふさわしいっ！　お主ではないっ！　私だっ！　私がこの国の王なのだっ！」

尚泰久が笑っている。

階に足をかけ、金丸は猜疑の色をたたえた尚泰久の瞳を見据え口を開く。

「わ、私はっ……」

言い募ろうとした刹那、尚泰久の躰が透けて見えなくなった。支えを失った手が前に傾こうとした時、後ろから誰かに支えられて堪えることができた。

「大丈夫ですか兄様」

ささやいたのは弟だった。

「宣威」

虚ろなまなざしで振り返ると、そこには弟の姿があった。弟のむこうに見える男たちの顔が引き攣っている。どうやら、尚泰久の幻を見たまま、金丸は階を登り詰めて玉座の前に跪(ひざまず)いていたようだった。

「さぁ、お立ちになられてくだされ」

「私はなにか申しておったか」

「いいえ、なにも」

淡々と答えた弟が兄の手を取り、もう一方の手で背に触れながらうながす。掌と背に肉親のぬくもりを感じながら、腰に力を込め立ち上がった。その刹那、少しだけ声が漏れた。もう速やかに立ち上がれるほど、若くはなかった。

「さぁ、玉座へ」

立ち上がると、弟が目の前の座を掌で示した。

兄弟のやり取りを阻む者は一人もいない。この国の頂点に立つ兄と弟なのだ。伊是名島を夜陰に乗じて逃れてから三十一年。島の外れで細々と生きていた兄弟は、いま琉球の中心で手を取り合っている。

もちろん弟は、金丸の闇を知らない。

「今度のことではお前にもいろいろと迷惑をかけたはずだ」

金丸を王にしようと謀っていた者たちは、首里に留まっていた弟を無視していたはずがなかった。金丸への接触などよりも強烈な勧誘があったのは間違いない。それでも弟はどのような決断をしようと、兄の味方であると言って信じてくれた。

その愚直さは、これからの金丸の築く王権には必要だった。肉親であるという絆は、他人の信頼よりも勝る。弟が愚直に兄を信じてくれているからこそ、金丸の政にも血が通う。

「私はなにも……」

そう言って弟は声を詰まらせ、首を左右に振った。弟というよりも子である。十五も年が離れ、父母が死んだ時は幼い弟の養育のために妻をもらった。そんな弟も四十となり、年老いた兄を支える力強い男になった。

「これからも頼むぞ」

「はい」

弟のたくましい返事を聞きながら、金丸は静かに玉座に腰を据える。それを確かめた弟は目を伏せ、階を下って群臣の最前列に立った。

階の下で新たな王の言葉を待つかつての尚家の臣たちを見下ろす。

そのなかには、金丸を妬み、成り上がり者だと裏で悪しざまに罵っていた者たちもいる。だが、そんなことはどうでもよかった。

伊是名島の男たちと一緒だ。

ここまで昇り詰めてしまえば、踏みつける土はどこまで行っても土でしかない。質の違いはあれど、憎しみや怒りの情を震わせる対象にはなりえない。

治めてやる。

静謐に。

これからは金丸がこの国に住まうすべての民の主なのだ。

玉座に腰を据え、頭を垂れる男どもを睥睨しながら、口を開く。

「臣下の身にありながら、君のすべてを奪うは忠であるのか。下が上に叛くのは義であるのか」

新たな王の第一声に男たちがいっせいにざわめく。が、誰一人、金丸に対して声を発する者はいなかった。

「答えよっ！」

腹の底から叫ぶ。

「なれば……」

先日までの法司、王察都が臣を代表するように前に出て声を吐いた。その目は金丸を尊崇するように、輝く床に向けられている。石畳を見つめたまま、察都は語る。

「臣が君から奪うは忠ならず、下が上に叛くは義ならず」

「ならば……」

「しかし」

金丸の言葉をさえぎって、察都は目を伏せたまま続ける。

「王に徳なき時は、王は王ならず。臣もまた臣ならず」

「不義不忠を認めるか」

「認めるわけではございませぬ。が、王は臣のためにあり、臣もまた王のためにある。こは、王に徳があると思えばこそ、臣は忠義をもって頭を垂れまする。徳と忠義が天秤の両端にあって初めて国は保たれるもの」

「先王は徳なく滅んだ。そういうことか」

「左様」

「ならば私もまた徳なき時は滅ぼしてくれ。それでよい」

「金丸様……」

王となる日になにを言うのかとばかりに、察都が思わず玉座を見上げた。戸惑いを隠せぬかつての法司に微笑みを投げてから、金丸は居並ぶ男たちにむかって想いをぶつける。

「私に徳なきと思うた時は、容赦なく斬り捨ててくれて構わぬ。よいか。私は生まれながらの王ではない。お主たちが私の徳を信じ、この席に座らせたのだ。よいかっ！　私は尚家の徳を継ぎ、今日から王となるっ！　故に私は金丸という名を捨て、これより尚を名乗る。尚円、それが新しき私の名じゃっ！」

階の下に控える弟を見る。

「お前はこれより尚宣威じゃ。わかったな」

「仰せのままに」

宣威が頭を垂れた。

「私は民の王となる。それが私の覚悟じゃ」

揺るぎなき権威に支配されてこそ、民は治まる……。

民の王とは、琉球のいっさいから逃げぬ者であるということ。その身を血で染めようとも、理から、正道なる政から逃げない。尚泰久にはそれができなかった。尚家の政のために邪魔になった者たちを殺し、その手を血で染めたことに耐えきれずにみずから命の炎を消した。尚徳は逃げぬ代わりに、見なかった。民のための政ではなく、己がための政のみに生き、民に殺された。

徳なき時は殺せ。

尚円は逃げない。目を背けない。揺るぎなき律法によって支えられた政によって、民を統べる時、王権は絶対なる権威となる。揺るぎなき政を振るっている限り、王から徳が消えたなどと民が思うことはない。

己の身に徳が備わっているなど、尚円は一度として思ったことがない。

悪徳……。

己に似つかわしい言葉だ。

徳のあるなしを決めるのは民である。王ではない。そして、尚円はみずからが王である間は、王家から徳が失せないと信じている。

「いつでもよい、私に思うところがある者は遠慮なく申し出よ。私は揺るがぬ。退かぬ」

頭を垂れる男たちの頭がいっそう深く沈むのを見下ろしながら、尚円は笑った。

第五章　治天

玉座に座した時から、懸念はあった。

鬼大城の沈黙。

尚円にはそれがずっと気掛かりだった。

「国直(くになおしぐすく)城と名付けた城を北谷に築き、密かに兵を集めておるとのこと」

正殿に集った群臣たちのなかで、諸国の按司との折衝を行っている男が言った。

先の王家に仕えていた者たちの多くを、尚円は雇い入れた。そもそも、彼らの多くが尚円を次の王へと担ぎ上げて、先の王家を滅ぼそうと画策していたのだ。彼らは尚円に仕えるために、みずからの命を賭して先の王家と密かに対立していたのだから、彼らを雇うのは当然の成り行きといえた。

多くの者が尚円の元で働くことを望んだなか、少数ではあるが城から去った者もいる。

尚円が王になることを受諾した夜、先の尚家に近しかった者の大半は殺されてしまったが、それでも残った先の王家に忠節を誓う者たちは、静かに城を去っていった。彼らと志を同じくする者たちが、大城が密かに立てた旗の元に集っているというのである。

反尚円の旗の元に集った者たちは、大城が北谷に新たに築かせたという城に拠り、尚円の王位に異を唱える按司たちを引き込み、大戦に臨もうとしているというのである。

群臣のなかから声が上がった。

「鬼大城といえば、尚泰久の娘を妻とした、先の王家に連なる者にござる。しかも十二年前、勝連での戦いにて総大将として兵を従え、首魁、阿麻和利を見事討ち果たした武人にござる。今の琉球において、鬼大城以上の武勇を有した者はおりませぬ。彼の者が反旗を翻せば、その武名を慕い、与する者が出ることでありましょう」

「こちらから攻めるわけにもいくまい」

新たな声が男たちの群れから聞こえる。

「敵はあの鬼大城であるぞ。あの武人が戦を見越して築いた城だ。寡兵であることも見越した上であろう。どのような細工が施されておるかわからぬ。無暗に大軍で押し寄せて力攻めをいたさば、どのような反撃が待っておるかわからぬぞ」

「しかし、このまま手をこまねいておっては、敵はますます力を増すばかりではないかっ！」

群臣たちの声がだんだんと熱を帯びてゆく。眼下で激論を繰り広げる男たちを、尚円は止めようとしない。正殿では思うことは遠慮せず述べよと、命じていた。だから、常に議論は白熱する。

「如何なさりまするか」

玉座の脇に控える尚宣威が、身をわずかに傾けて問う。この城の中でもっとも信頼のおける弟を、尚円は側に置いた。

「大城殿といえば、尚泰久王の元で兄様とともに働いた先の王家の功臣。智謀を兄様が、武勇を大城殿が。お二人が車の両輪となって、尚泰久王をお支えすることで、尚家の権威は高まった」

「そのようなこと、お前に言われずともわかっておる」

「出過ぎた真似を」

言って弟は静かに身を退いた。

相変わらず男たちは激論を続けている。しかし、決断を下すのは王である尚円自身だ。攻めるのか。それとも、このまま静観するのか。決めなければ、先に進まない。

「大城……」

肘かけにもたれ、拳に顎を載せ、深く息を吸う。

「戦じゃっ！」

「ここはひとまず見守るべきじゃっ！」

「いいや、大軍で大城の居城である越来に攻め寄せ、奇襲をかけるべきじゃっ！」

「それでは喜界島に攻め入った尚徳王の二の舞ではないかっ！」

ほうぼうから声が上がる。いずれも理にかなっている。尚円には異論はない。彼らが語るいずれかの策を採るのは間違いなかった。

国直城……。

大城が北谷に密かに築いた城の名であるという。

思わず笑みがこぼれる。

大城らしい名だと思う。国を直す城。つまりは尚円が王となる今を排し、国をあるべき姿に直す。大城はそう言っているのだ。

愚かしいことこの上ない。武人のこういう単純さが、金丸には心底理解できなかった。謀反を画しているのなら、実行するその時まで白日の元に晒すべきではない。国直城などと高らかに宣言しては元も子もないではないか。

「皆に問いたい」

熱心な議論を繰り広げている皆に語り掛ける。しかし、腹から声を出して誰かを制するような覇気など元から持ち合わせていない上に、五十も半ばを越え、痩身とはいえ腹周りには余計な脂が付いてしまっているから、思うように力も籠らない。結果、階の下で声を上げる家臣たちの言葉を止めることはできなかった。

「静まれっ！」

王の声をかたわらで聞いていた弟が、皆にむかって吠える。すると、それまで目を血走らせていた男たちが、いっせいに口をつぐんで玉座を見上げた。

尚円はあらためて家臣たちに言葉を投げる。

「皆に問いたい。国を直すとはどういう意味であろうか」

「国直城のことでござりまするな」

快活に問う臣にうなずきを返す。

「恐れながら」

違う男が家臣の列から進み出て尚円に頭を垂れた。うなずきで発言をうながす。

「鬼大城の妻は先の王家に連なる者。つまりは鬼大城の子は先の王家の血を受け継いでおりまする。おそらくは子を王と成し、かつての王家を復興させるつもりでありましょう。もちろん、みずからは王を助け、思うままに政を行うのでしょう」

「あり得ぬな」

「は……」

「大城は思うままの政など望んでおらぬ」

あの愚か者は、曲がったことが嫌いなだけだ。王になどならぬと言った尚円の嘘を、大城は信じていたのだ。尚家を滅ぼさぬと言った尚円の言葉を信じていたからこそ、尚徳の死以降の首里城での異変が許せなかったのである。

「失礼いたしました」

慄くように男が膝を折って、よりいっそう頭を垂れた。

「だが、前段はその通りであろう。子を王にして先の王家を復興する。そのための刃にあの男はなるつもりなのであろう」

それしか考えられない。すでに先の王家の血統は、眼下の男たちによってこの城で絶えてしまっている。それでも血統を探すとすれば、大城の妻、そしてみずからの子らしかないのだ。

みずからが王権を恣（ほしいまま）にするような欲は、大城に限ってはないと断言できる。正道を行く。

愚直な武人のこれまでの人生は、その一語で足りる。

「大城の謀反はあくまで噂でありまする」

線の細そうな男が、役人たちの群れから一歩進み出て目を伏せながら言った。

「まずは越来の実情を知らねばならぬかと」

家臣たちから上がってくる報せは、たしかに噂の域を出なかった。だが、安里大親の手下たちからもたらされた報せは、越来の情勢を正確に捉えていた。大城は間違いなく、尚円への謀反を企み、諸国の按司にも書を送り付けていた。尚円に近しい者を除き、現王家と距離のある者を選んでの周到な勧誘であった。そのことをここに集う役人たちは知らない。

大城にしては珍しい、謀じみたやり口であった。後ろで糸を引いている者がいないとも限らない……。

「兵を出す」

静まった臣たちに決断だけを述べると、階の下からどよめきが起こった。

尚円が王になって初めての戦である。

徳なき時はいつでも殺せ。そう臣たちに宣言した王が、みずから決して剣を取るのだ。

尚円の存念に、皆が耳を澄ましている。

「王家への謀反はなにがあっても許してはならぬ。たとえそれが、かつて私と並び称された琉球一の武人であってもだ」

ことさらに大城を上げてやる。護佐丸や阿麻和利のごとく。

そう……。

大城には贄になってもらわなければならない。

尚円の王権にとっての護佐丸や阿麻和利になってもらうのだ。

だから、大城が謀反を企んでいるという報せを受けてから、尚円は自然に口元がほころんでしまうのを人前では必死に抑え込んでいた。

「王家の兵により大城を討つ」

「兵を向かわせるのは何処にございまするか」

かたわらの弟が問う。

「国直城に大城が拠るのを待つつもりはない。越来を攻める」

「それではこれより諸国の按司へ、出兵の下知を……」

「不要じゃ」

弟に答え、尚円は立ち上がった。

「これより王府を守る兵のみで越来を攻める」

「し、城が空になりまする」

「近隣の按司に首里の防衛を要請せよ」

「越来を攻めよの間違いでは」

「首里の防衛だ」

兄弟の問答を家臣たちは静かに聞いている。

「越来を攻めるのは王府の兵だ。戦支度を整える間もない大城を攻め、一気に片を付ける」

奇襲だ。

相手の虚を衝くのが奇襲であるのなら、味方が支度ができぬほどの迅速な攻めでなければ意味がない。相手が声高らかに謀反を宣言してくれているのである。その厚意は甘んじて受け入れなければいけない。

「すぐに掻き集められるだけの兵を集めよ。集まり次第、城を出る。私の鎧も用意せよ」

「あ、兄様……」

「私も戦場へ行く」

「危のうございまする」

「行く」

それ以上、弟と語り合うのを拒むように、尚円は階の下の臣にむかって叫ぶ。

「早う近隣の按司たちに使いを出せっ！　我らの出兵を聞き、そのうえ城の防衛を命じられなんだ按司たちは、王家への忠を示すために越来へ押し寄せるだろう。案ずるな。兵はすぐに集まる。私が去ると同時に皆、支度に取り掛かるのじゃ、よいなっ！」

尚円が王になってから初めて覇気に満ちた命を下された家臣たちが、目が覚めたかのごとくに、顔を朱に染め右の拳を振り上げて雄叫びを上げた。

「戦じゃ」

尚円は家臣たちに背をむけた。

*

その日のうちに尚円は鎧を着込んで馬に飛び乗り、弟に後事を託し城を出た。彼に付き従うのは、城の内外から掻き集めた兵のみである。首里城は丸裸になった。今、尚円に反旗を翻す者がいれば、城は容易く落ちる。

それがどうした……。

尚円に後顧の憂いなどない。

大城との決着こそが、みずからの王統の命運を決める。かつての盟友を屠ることができぬのならば、尚円の血統などそこまでのものでしかない。この程度の戦で、背後を襲われるくらいの王家など滅んでしまえばよいのだ。

懇願された王である。

待ち望まれた王なのだ。

足元を掬われることなどないと確信しているからこそ、尚円は前だけをむいて馬を走らせることができる。

越来に着いたのは、夜も更けきった頃だった。すでに人は床に就いている刻限である。越来の境を越える頃には、兵たちに松明の火を消させ、進軍も歩むほどの速さに統一させて音を立てぬようにした。それでも、やはり敵は戦の名手、鬼大城である。謀反を決めた時から、いやそれよりも前から領内に物見の網を張り巡らしていたのだろう。尚円が越来城へ辿り着いた時には、小高い丘の上に立つ城の門は固く閉ざされ、石垣を松明の火が囲っていた。

それでもやはり、越来という限りある領地では、急場に集められる兵などたかが知れていたようで、城へと攻め寄せた王府の軍を門より出て迎え撃つ敵は一人もいなかった。大城は城門を閉ざし、王府の兵の入城を拒むことしかできなかった。

固く閉じた越来の城を、尚円は取り囲んだ。どれだけ急であったとはいえ、琉球の中心である首里には城を幾重にも囲むだけの兵が蓄えられていた。おそらく城の裡に籠る敵兵の数十倍にもなろうという兵が、味方として尚円を守っている。

「大城っ！　聞いておるならば姿を見せろっ！」

分厚い鎧に身を包んだ近衛兵に何重にも守られながら、尚円は越来城の正門の前で叫んだ。

「金丸だっ！　話がしたいっ！」

かつての名を名乗り面会を求めた。正門脇の石垣には、弓を構えた敵が列を成している。その鏃の先は、尚円にむけられていた。彼らがいっせいに矢を放てば、そのうちの何本かは尚円に辿り着くだろう。

退かない。

琉球一の武人にも王は退かないという姿を、王府の兵たちに見せつけるのだ。

「大城っ！　姿を見せろ大城っ！」

矢の雨が尚円を襲う。

「退けっ！　王をお守りするのじゃっ！」

近衛兵の長が叫んだ。

兵たちが王に覆いかぶさるようにして壁を作りながら、退いてゆく。その屈強な力に、尚円は抗することができない。太い腕に抱かれるようにして、越来の城から遠ざかる。

「大城っ！　出て来い大城っ！」

尚円の言葉は届かなかった。


城を包囲する兵たちの後方に設えられた幔幕の裡まで辿り着いた尚円は、将兵たちを本陣に集めた。

「攻めろ」

命じた。

大城がこちらの呼びかけに応じぬのなら、道はひとつしかなかった。

来い……。

城門を閉じ、無言で矢を射かけてきた大城の声が、耳の奥に響く。

「このまま城を囲み、いたずらに時を過ごさば、大城と裏で繋がっておる按司からの後詰の兵が到着するやもしれん。背後を取られ、城から大城が打って出て来ることにでもなれば、数で勝っておったとしても、覆されるやもしれぬ。よいか、大城を侮るなよ。奴は単騎で戦の趨勢(すうせい)を変える力を持っておる。攻めよ。大軍の勢いのまま攻めるのじゃ」

「応っ！」

勇ましい将たちの声が、尚円の背を支える。

戦の指揮を執ったのは、阿麻和利との戦での一度きり。その時は、本陣から一歩も出なかった。戦場で実際に奮闘していたのは、いま城に籠り敵となった大城である。

「誰か……」

口を閉ざした将たちを見渡す。

「我が策に異を唱える者はおらぬか。遠慮なく申し出てみよ」

「恐れながら言上仕りまする」

将たちの最前に立つ壮年の男が口を開いた。尚円は男を見つめ、うなずいて先をうながす。

「某も力攻めしかないと存じまする。たしかに大城は一騎当千のつわものにござります。

我らには大城に抗するだけの武勇はござりませぬ。ですが、なにがあろうとこの本陣に、大城の刃が届くことはござりませぬ。個の武は所詮、孤狼の牙に過ぎませぬ。我らは人にござります。王が御みずから出馬なされた戦にて、負けるわけには行きませぬ。手負いの狼が牙をむいて襲い来るならば、我らは幾重にも人の壁を築き、かならずやそれを阻んでみせまする。どうぞ心安らかに、本陣にて我らの戦いを見守ってくださりませ」

男がひれ伏すと、皆がそろって彼に倣った。

「私の命、皆に託す」

不意に両の目が熱くなった。泣く。思うと同時に、眉間に皺を寄せて堪える。最後に泣いたのがいつだったか思い出せない。もしかしたら伊是名島から逃げる時に恐れとともに流したのが最後だったかもしれない。家臣に涙を見られるなど、尚円の矜持が許さなかった。

老いた……。

己を王として慕い、身命を投げだして働こうとする者を見て胸が熱を帯び、目の奥が熱くなった。此奴らなど駒ではないかと、みずからに言い聞かせるが、それすらも老いとともに弱くなったことをごまかす繰り言のように思え、尚円は己自身を情けなく思う。

そんな尚円の心の裡など知りもせず、男たちが幔幕のむこうへと消えてゆく。

「これが王になるということか……」

感傷じみた言葉が漏れ出た唇に苛立ちを覚えた。

どれだけ兵が押し寄せても、越来城の門はびくともしなかった。

石垣の上の敵は、上ってくる王府の兵に容赦なく矢を浴びせかけ、頂に辿り着こうとする者がいれば、中へと引き込んだ。城内に引き込まれた兵がふたたび姿を見せることはなかった。敵を引きずり落としても、すぐに新たな敵が弓をたずさえ現れる。時には煮え湯を満たした大鍋や、肥桶(こえおけ)を抱えた兵が石垣の上から兵たちにそれを浴びせかけ、石垣の敵がいっせいに下卑た声で挑発した。

すでに夜は明け、陽は天高く輝いている。敵の勢いは衰える気配すらなかった。

力攻めで押せ。

一度そう命じたからには、尚円には味方の奮闘を祈るしか術はなかった。みずから先頭に立ち、兵たちを鼓舞するような武勇は、この世に生を受けた時から持ち合わせていない。

「行け、行け、行け……」

拳を握る手を汗で濡らしながら、次々と死んでゆく味方の背を見守り続ける。

陽が西に傾き始めた頃のことだった。突然、越来城の正門がわずかに開かれた。

「おぉぉぉぉぉっ！」

十数頭の馬が、背に甲冑を着込んだ敵兵を乗せ、王府の兵たちの前に躍り出た。彼らが姿を現した時に聞こえた雄叫びに、尚円は聞き覚えがあった。

「金丸ぅぅぅぅっ！」

背筋から脳天にかけて悪寒が駆け昇る。

奴だ。

鬼大城だ。

槍を振るう王府の兵たちを馬で散々に追い払いながら、刃を閃かせる敵の騎兵たちの中心で、大城が両手に持った鉾(ほこ)を掲げながら笑っていた。数年ぶりに見た兜(かぶと)の下の笑顔は、深い皺に覆われている。

「老いたな」

不意に尚円の口元に笑みが浮かぶ。

老齢の武人の鼻から下を覆う髭が白銀に輝いている。褐色の肌だけが、昔と変わらない。

大城は無邪気に戦場を駆け巡っている。鉾を振るい、王府の兵たちを血祭りに上げてゆく。思うままに馬を走らせるのが嬉しくて堪らないのか、時折声を上げて笑う。愚直な武人は一直線に王府の兵を真っ二つに割ってゆく。その切っ先が向かう先は、尚円のいる本陣であった。なんとしても大城を止めんと、王府の兵たちは必死に立ちはだかるが、腰を据えて持ち場に踏み留まらんとする男たちを、大城の振るう鉾が非情なまでに薙ぎ払ってゆく。

「どけぇいっ！」

雄叫びとともに唸りを上げる皆朱の鉾は、おそらく常人ならば持つことすら困難なほどの重さなのであろう。王府の兵たちが掲げる槍や鉾など構いもせず、乱暴に振るわれた鉾が得物の柄を折りながら、躰をふたつに切り裂いていく。無人の野を駆けるかのごとく、大城が本陣へと迫る。十数騎の敵の横っ面に、数倍もの味方の騎兵が突っ込んだ。一直線に突き進む進撃に横槍を突き入れられた大城たちが、馬の脚を止める。

「今のうちに後方へお退きになられませ」

近習が焦りをあらわにした声で言った。尚円は気弱な言葉を聞き流しながら、大城と味方の騎兵の戦いを立ったまま注視し続ける。

数倍の騎兵に囲まれていながら、大城の姿は屈強な男たちより頭ひとつ飛び抜けていた。ひときわ大柄な大城が鉾を振るうと、彼を中心にして血の暴風が吹き荒れる。ある者は馬の躰ごと体を両断され、またある者は柄で兜ごと頭を弾かれ首から上を失い倒れてゆく。

「ここで待つおつもりかっ！」

悲鳴じみた声で近習が叫んだ。戦場である。多少の無礼は許す。

大城を待っているつもりなどない。

若き近習の泣き顔になど目もくれず、大城だけを見続ける。ここでただ指をくわえて大城を待っているつもりなどない。

勝つ……。

当たり前だ。

「黙っておれ」

鉾を投げれば本陣に届くところまで、大城が迫って来ている。笑顔を返り血で真っ赤に染めながら、本陣に立つ尚円を見上げていた。

「金丸ぅぅっ！」

王府の騎兵も琉球より選りすぐられた武勇の士である。さすがに十騎足らずというところまで、大城の味方は減っていた。それでも大城は手傷らしい手傷を負うことなく、本陣への坂を駆け登っている。

屋慶名の赤……。

尚円の脳裏に唐突に勝連で見た武士の姿が蘇る。

阿麻和利との戦の時だ。勝連の最後の突撃で、本陣まで迫った男がいた。阿麻和利の片腕と呼ばれたその男の名が、屋慶名の赤だった。赤は尚円の首だけを狙い、単騎になってもなお本陣まで迫った。

あの時の赤の笑顔が、大城の血塗れの笑みに重なる。

「馬を射ろ」

近習に命じる。

「それは……」

戦場にて騎兵の馬を狙うのは外道の所業であることなど、尚円も重々承知している。が、戦場の理など、武士ではない尚円にとっては武人どもの繰り言にしか思えない。互いの武勇を存分に試したいがために、馬を狙ってはならぬなどという理を作ったのだ。しかもそれは、明文化されぬ互いの了見のようなものでしかない。

勝てばよいのだ。

死者になってしまえば、卑怯だなんだと叫ぶ口すらなくなってしまうのである。勝たなければ、明日はない。武士の理などをひけらかしている場合ではないのだ。

敵は結局、大城ひとりである。大城さえ討ち取ってしまえば、あとは烏合の衆だ。掃討せずとも、どこぞへと消えてゆくだろう。

「射ろ」

反論を許さぬよう声に圧を込め、ふたたび命じる。近習が消え、すぐに本陣の前に弓を携えた兵たちが並んだ。

「やれっ！」

直接、兵たちに命じた。尚円の声を聞いた兵たちが、大城の馬めがけていっせいに矢を放った。すでに目前まで迫った敵へと、無数の鏃がまっすぐに飛んでゆく。

察知した大城が、みずからの身を守るように鉾を構える。

「違う」

眼下で戦うかつての同朋に語り掛ける。

迎え撃たんとする大城が鉾を払うより先に、十を超える矢が、褐色の馬の顔から首へ突き立った。糸が切れた人形のごとく、大城が駆る馬が力を失い倒れた。鞍の上の大城も兵の群れのなかに消える。

すでに七、八騎あまりまで減っていた敵の騎兵の一人が、大城が倒れたあたりに近寄って、地のほうへと手を伸ばす。

「奴を狙えっ！」

手を伸ばしている敵を指さし、尚円は叫ぶ。矢が放たれるより先に、大城が味方の手をつかんで、その鞍に飛び乗った。主を背に乗せた敵が、馬首を翻して走り出す。

「逃がすなっ！　奴を射ろっ！」

駆け去る大城めがけて矢が飛ぶ。

「ひゃっはぁっ！」

甲高い笑い声とともに、大城が躰ごと振り返った。老いてなお丸太のように太い右腕を高々と掲げながら、本陣に立つ尚円を見上げた。

「金丸殿らしい卑怯な戦い方じゃっ！　存分に堪能いたしましたぞっ！　その首、かならず頂戴仕る故、洗って待っておられよっ！　かかかかかっ！」

残った騎兵を後ろに従えながら、大城が去ってゆく。大城を乗せた騎兵を先端とした男たちが、一個の鏃と化して、城を包囲する王府の兵を突き破り、城門へと辿り着いた。それを石垣の上から見守っていた越来の兵たちが、彼らが駆け抜けられるだけの隙間を城門に作る。

「おぉぉぉぉぉっ！」

大城の帰還を歓声が迎えた。


包囲して五日が経った。

大城は城から出て来ない。敵の損耗は激しいはずである。城を出て戦う余裕はないのだと、尚円は見ていた。

敵は頑強に抵抗を続けているが、どれだけ兵を失ってもただひたすらに城門と石垣に迫り続ける王府の兵たちを前に、数を減らし続けている。すでに周囲の按司たちが、尚円への後詰の兵とともに参じ始めていた。しかし、大城を助けようとする者はどれだけ待っても現れない。

すでに勝敗は決している。あとは力攻めで押すだけだ。

「いったん攻めるのを止めよ」

尚円は命じた。

「馬を用意せよ。城門前まで行く」

いきなりの王の言葉に、近習たちがうろたえるなか、尚円は本陣を出て近衛兵がたずさえてきた白馬の鞍に腰を据えた。大城のように軽やかに馬の背に乗るなどという芸当はできないから、兵たちに助けられながら、なんとか鞍に落ち着いた。

あの男の日頃の修練を思う。

大城は、戦が絶えた世でも、修練を欠かさなかったのだ。武人として、男として、平穏な日々のなかでも、絶えず常人では持てぬ鉾を振るっていたのだろう。

「彼奴め……」

目の奥が熱くなる。泣くわけにはいかないから、眉根に力を込めて必死に耐えた。

近衛兵に周囲を守られながら、尚円は馬とともに城へとむかう。槍を収めた王府の兵たちが、主の行進を頭を垂れながら見守っている。城門近くまで迫ったというのに、石垣の上から矢が飛んでくることはなかった。敵も、尚円を受け入れているようである。

固く閉ざされた分厚い門扉を目前にしたところで馬を止めた。尚円の前に騎兵の列ができる。なにか事があれば、すぐに尚円を運び出せる手筈が整えられているのだろう。

どこかで安里大親の手下も見守っているはずだ。もしも、敵が後ろ暗い方法で尚円を殺めようとすれば、彼らも黙っていないだろう。

尚円の命は幾重にも守られている。

「大城っ！　聞いているのなら姿を現せっ！」

城の中へむけて叫ぶ。

石垣の上で尚円を見下ろしている敵兵たちが、背後に目をやり、なにやら騒いでいる。

尚円は城門を見上げたまま、返答を待つ。

石垣の兵が割れた。

「金丸殿っ！」

左右に居並ぶ男たちより頭ひとつ大きな甲冑姿の老人が姿を現した。

「派手な姿にござりまするなっ！　似合っておられませぬぞっ！　ぬはははははっ」

周囲の兵よりも飾りの多い甲冑を着込んだ尚円を、大城が笑う。その剛毅な笑い声には、謀反人の後ろ暗さなど微塵もなかった。久しぶりに会った恩人への悪態を堂々と口にする姿には、武人の清々しさがあった。

「門を開……」

「断りまするっ！」

尚円の言葉を獣の咆哮のごとき声で断ち切って、大城は胸を張った。

「金丸殿には絶対に頭は垂れませせぬ」

「垂れても許さぬ。ただ、お主が降れば家族だけは許してやる」

「偉くなられましたな」

琉球の王と、琉球一の武人の問答を、敵味方の別なく、男たちが固唾を飲んで注視している。

「金丸殿は仰せになられましたな、王になどならぬとっ！　あの時の金丸殿はどこに行かれたのですか。あの時の金丸殿が今の金丸殿を見たら、なんと申されまするでしょうな。そんな派手な鎧を着て、王城の兵を恣にしておる姿を」

なにも言いはしない。

あの時、西原に一人で現れた大城に告げた言葉は、すべて嘘偽りである。あの時から尚円は、王の座を手に入れると誓っていた。いや、尚泰久に頭を垂れたその時から、尚円は今という時を脳裏に思い描いていた。

「降れ。悪いようにはせぬ」

「言葉まで尊大になられましたな」

大城の指が尚円をさす。

「某は金丸殿が王であることを、絶対に認めませぬ。尚家こそがこの国の王統にござる」

「すでに尚家は潰えた」

「某の妻、某の子がおりまする」

「性根が見えたな大城」

「尚家の復興を見届けたら、某は隠居いたしまする。金丸殿ではありませぬ。王権などになんの興味もない」

「門を開け大城」

「断ると申しました」

「死ぬぞ」

「やれるものなら」

目を血走らせた大城が、かたわらに立っていた兵の手から槍を捥ぎ取って、尚円めがけて放った。

飛来する刃を、尚円は目を逸らさずに見守る。

穂先が頭の横を駆け抜けた。

青白い頰に血の筋が走り、雫となって頰を濡らす。

「少しは性根がお据わりになられたようですな」

鼻で笑った大城が背をむけた。

「死ぬ気で来られよ」

肩越しに尚円に告げた琉球一の武人は、そのまま石垣のむこうに消えた。

それからも大城が城を出て来ることはなかった。すでに石垣の上の兵たちもまばらであった。

落城は目の前である。

「火を放て」

尚円の命とともに、包囲する兵たちに火矢が用意された。

火の幕となった矢の群れが、何度も何度も石垣を越えて城へと吸い込まれてゆく。すでに火を消すだけの兵力も、越来城には残されていないのだろう。城内はたちまち炎に包まれた。

石垣の上から兵が消えると、王府の兵たちがすぐに這い上って、なかから城門を開いた。いっせいに雪崩れ込んだ兵たちによって、越来城は瞬く間に蹂躙された。

「城中深くに隠れておりました」

そう言って本陣の尚円の元まで引き据えられてきたのは、一人の女性であった。

「お久しゅうござりまする」

玉座の前に座らされた女性が名乗って頭を下げるより前に、尚円は深々と頭を垂れた。

尚円が頭を上げるまで、女は後ろ手に縛られたまま背筋を伸ばして王を眺めていた。

百度踏揚姫。

尚泰久の娘であり、大城の妻である。かつて、金丸の謀により勝連按司、阿麻和利の元へ嫁ぎ、その反乱を鎮圧した功により、大城に再嫁した。

あれから十二年の歳月が流れている。

麗しい娘であった百度踏揚も、鼻の脇の皺が目立つ年増になっている。それでもなお、本陣に侍る男たちの目に色情の光を閃かせるだけの美貌を保っていた。

「すっかり爺様になったわね金丸」

囚われの身であることを理解しておらぬのかと疑いたくなるほど飄々と姫は言った。その薄紅の唇には、悠然としたほころびが湛えられている。姫にとって尚円は、今もなお父の臣なのかもしれない。金丸と呼ばれて尚家に仕えていた頃のまま、姫は尚円を見ているようだった。

「五十六になり申した」

姫の無礼を問わぬ王に、男たちが戸惑いの視線をむける。そんな下賤な態度など視界に入れることもなく、尚円は淡々と姫と語らい合う。

「お互い年を取りましたね。ふふふ」

姫が陽気に笑う。

「貴方のせいで、妾は散々でした。嫁ぎたくもない男の元に嫁がされ、越来でやっと落ち着けるかと思ったら、こうして火をかけられて追い出され、夫からも離されて……。貴方がいなければと何度思ったことか」

悪態であるというのに、まったく険がない清々しい口調で姫は語った。清風に吹かれたように、金丸は口元をやわらげてみずからへの悪口を受け入れる。滅びてしまった王家の娘の悪態などに心を動かす卑賤な王ではないことを、周囲の家臣たちに知らしめるのだ。

「大城はどこへ」

「逃げましたよ」

「ここにはおりませぬか」

「いません。妾が置いていってくださいと頼んだんです」

「何故」

「あの人はまだまだ戦います。貴方を討つまで、琉球中を駆け巡るつもりです。妾は足手纏いにはなりたくなかった。だから置いていってくださいと頼んだのです」

「後悔は」

「ありません」

「ふふ……」

なんと清々しい女であろうか。尚円の口元が思わずほころぶ。

「王城あたりが良い」

　尚円のつぶやきを聞いた姫の細い首がわずかに傾ぐ。

「屋敷を用意いたしまする故、余生を穏やかに過ごされよ。それが姫の人生を翻弄してしまったせめてもの罪滅ぼしにござりまする」

「尚円王っ」

　近臣が声を荒らげ詰め寄るのを、右手を挙げて制した。姫は大逆人である大城の妻であり、先の王家の血を引いている。生かしておくなど言語道断であると、近臣は言いたくてたまらないのだ。

「よいのですか妾を生かしておいて」

「大事ありませぬ」

「変わりましたね金丸」

「そうですか」

「ええ、その余裕が本当に生意気だわ。十年前に父に頼んで殺しておくべきだったわ」

　涼やかな笑顔を残し、百度踏揚は尚円の元を去った。

　大城が知花城(ちばなぐすく)の麓の洞窟に潜んでいるという報せを、安里大親がもたらした。尚円はすぐに兵を知花に差し向けた。

知花は母の里であり、大城はしばらくそこで暮らしていたらしい。越来で大城がそんなことを語っていたのを、金丸は覚えていた。

兵を知花に送り、みずからは首里城に戻った。

「火をかけて殺せ」

将にはそれだけを命じた。

小高い丘の上に建つ首里城の本殿を囲む石垣に立ち、知花城がある北東を見る。北谷よりも北に位置する知花城が見えるはずもない。眼下に広がる茅葺き屋根のはるかむこうへと、尚円は想いを馳せる。

「行かなくてよかったのですか」

石垣の下から聞こえてきたのは、安里大親のかすれた声だった。もはや翁というのさえためらわれるほどに、かつての間者は老いさらばえている。尚円を王にすることで、この男はみずからの務めを全うしたのかもしれない。耳目の役割は、すでに若い者に譲っている。

近習たちは尚円を遠巻きにして、見守っていた。石垣の下にいる安里大親の声は彼らには届かない。

「まさか登ってくる気ではないだろうな」

知花のほうへ視線をむけたまま問う。

「登った途端に前のめりになって、崖へと真っ逆さまにござる。ほほほほほ」

　翁はよく笑うようになった。本来、この男は笑うのが好きなのかもしれない。間者の長という役目柄、気持ちを押し殺していただけで、本当は感情豊かな気性だったのではと思う。

「大城殿の死に様を見届けなくてよろしかったのですか」

「あの男が煙にいぶされ死ぬ姿など見てどうする」

　命じたのは尚円だ。

　最期まで刃を振るい、武士として華々しく散らせてやる気はなかった。大城の死に花を咲かせてやるために、これ以上無駄な犠牲を兵たちに強いるのは王として許されざる行いである。

「大城様らしい戦ぶりでござりましたな」

「見ておったのか」

「はい」

　どうやら安里大親は密かに越来に来ていたらしい。

「その老体では疲れたであろう」

「若くて血の気の多い手下どもがおりまする故、某の枯れ果てた躰ひとつ運ぶことなど造作もないことです。ほほほほ」

「其方の手下たちはよく働く」

「勿体なき御言葉。ほほほほ」

「耳目よ」

　昔の名で呼んだ。

「あの男は最期まで尚泰久様の臣であったのだな」

　大城らしい生涯であると、尚円は思う。あの男が、王となった己に臣として膝を折る姿をどうしても思い描くことができない。

「不器用なお方でございまする故」

　奴が叛くことすらも、尚円はどこかで見越していた。見越した上で、駒として利用したのだ。

「実は……」

　安里大親が痰を詰まらせ激しく咳き込んだ。思わず躰ごと振り返って、石垣の下の翁を見下ろす。

「だ、大丈夫か」

「大事ありませぬ」

　たるんだ喉を上下させ、痰を腹中に飲み込んだ翁が目尻に涙を浮かべながらうなずいた。

「我に言いたかったことがあったのだろう」

「はい」

こくりと頭を下げて礼をした安里大親が石垣を見上げた。

「実は王府の兵が越来城に攻め寄せる直前、某はみずから大城殿に会いに行ったのです」

「安里大親としてか」

「耳目……。として」

悪戯がばれた童のように翁が笑う。耳目としてということは、越来の者にも気付かれぬよう、大城だけに面会したということである。

「石垣も登れぬ身でか」

「若き手下どもがおりまする故」

「お主の手下の腕は計り知れぬな」

「これからも都合良う使うてやってくだされ」

「で、越来でなにがあった」

「そうでござりました。ほほほほほ」

白い眉毛の下で間者の瞳が妖しく輝く。

「実は大城殿を殺しに参ったのです」

「なんだと」

「尚円様の新たな王家は生まれて間もない。今国内で反乱が起これば、戦乱の火種にもなりかねない。そう思い、密かに大城殿を殺しに寝所へと忍び入ったのです」

「余計な真似をしおって」

「申し訳ありませぬ」

「姫は」

「大城殿お一人でございました」

「無茶をしおる」

これみよがしにため息を吐いて、尚円は石垣の上で胡坐をかいた。

「奴が本気になれば、お主の細い首など枯れ枝を折るがごとき容易さで折られてしまうぞ」

「そう思い、止めました」

からからと笑う翁が、長く伸びた顎鬚を撫でる。

「寝顔をしげしげと見つめておると、大城殿に気付かれてしまいましてな。おぉ、あの時の間者ではないかと、目覚められた大城殿は某の顔を見て仰(おつしや)ると、懐かしそうに微笑まれました」

阿麻和利の居城、勝連城に姫の警護として入っていた大城との繋ぎに耳目を使っていたことがある。その時のことを大城は忘れていなかったらしい。

「某は素直に、大城殿を殺しに参ったと白状してしまいました」

気持ちはわからぬでもない。あの愚直な武人の笑みには、人の心を開かせる小癪な気安さがある。愚直な気性から生じるあの男の陽の光のような風情は、どれだけ望んでも尚円には一生備わらないだろう。

「お主のような爺ぃに殺されるような大城ではないわと申されお笑いになられた大城殿は、尚円王の差し金かと問われました。某の独断であると返すと、殺されるわけにはいかん、このまま帰ってくれと言って頭を下げられました。大城殿は申されました。俺が反逆者として死ぬことで、金丸殿の王家に按司たちの忠が集まる……。と」

「そ……」

二の句が継げなかった。

「かつて金丸殿は、尚泰久様のために護佐丸、阿麻和利を謀反人として討つことで、尚家に按司たちの忠を集めることに成功した。今度は俺の番だ。そう申されておられました」

「負けるつもりだったのか最初から」

「いいえ」

翁は首を振る。

「勝つ気で行く。が、金丸殿の智謀には勝てぬだろうと申されて、大城殿は笑われました」

「大城め……」

風が知花のほうから流れてきて、尚円の背を撫でた。

「らしくない知恵を絞りおって」

「まったく」

寂しく笑う翁から目を逸らし、尚円は立ち上がってふたたび北東へと目をむけた。

知花で大城が死んだという報せが入ったのは、その日の夜のことだった。

*

大城の死から六年。

金丸にも最期の時が迫っていた。

「父上、聞こえまするか」

床に就いた金丸の手を、柔らかい掌が包んでいる。その柔らかいぬくもりの主が、必死に呼んでいる声が聞こえていた。

樽金……。

名を呼ぼうとするが、声にならない。腹も喉もすっかり弱り果てていて、起き上がることなど到底できない躰であった。

十二になる息子が、目に涙を浮かべて父を覗き込んでいる。これまで一度も見たことがない悲痛なまでにゆがんだ顔が、みずからの死が間近に迫っていることを思い知らしめる。

朱塗りの枠に純白の壁、色とりどりの花が咲き乱れ、多くの鳥が舞い踊る見事な絵が描かれた天井、柔らかい寝床に、己を気遣う親族や重臣たちの顔、なにもかもが夢のようだった。

伊是名島で生きていたら……。

板張りの上に敷かれた薄い褥に寝かされ、わずかな親族に囲まれて、最期の時を迎える。そんな生があったのかもしれない。

いや……。

殺されていた。

あのまま島にいたら金丸は殺されていた。

宜名真でも。

殺されていた。

死んでいた。

「死ね……」

「え」

息子が口元に耳を寄せる。

「死ね」

「なんで」

島の男たちが迫ってくる。

火を掲げ、鎌を持って。

妻が、弟が、待っている。

「死ね、死ね、死ね……」

死にたくない。

「父上っ、しっかりなさってください父上」

泣いている。

誰が。

息子が。

いや。

金丸が。

「どけ宣威」

「兄様」

「私が漕ぐ」

「父上っ」

「どこに着いたとしても、着いただけ運が良い」

「なにを申されておられるのですか父上」

「兄様は……。舟を漕がれておられるのです。伊是名島を離れるために……」

泣いている。

弟だ。

「静かにしていろ宣威。奴らに知れる」

「兄様。ここは首里ですぞ。兄様は王じゃ。琉球の王なのですぞ」

王……。

「尚泰久様」

笑っている。

王が笑っている。

「今……。今参ります」

金丸は差し出された尚泰久の手をつかみ、天へと駆け上った。

金丸が築いた王朝は、薩摩（さつま）の侵攻などの動乱をも潜り抜け、明治の世まで続く。琉球が沖縄と名を変えるその時まで、彼の王朝は続いた。

解　説

天野純希

矢野隆という男の名を知ったのは二〇〇七年、「小説すばる」の誌上だった。

彼が書いた小説が掲載されていたわけではない。第二十回小説すばる新人賞の最終候補として、僕の名前とともに、その名が並んでいたのだ。

どんな小説を書く人なんだろう。気にはなったものの、他の候補作を読む機会などあるはずもなく、その年は僕が受賞することとなった。

それから一年の月日が流れ、再び矢野隆の名を目にした。今度は第二十一回小説すばる新人賞受賞者として。それが矢野氏のデビュー作『蛇衆（じゃしゅう）』である。

その年の授賞式に参加した僕は、少々びびっていた。

言い方は悪いが、昨年の最終選考で自分が蹴落とした相手だ。きっと恨まれているに違いない。「小説すばる」誌上で矢野氏の近影（髭面（ひげづら）で一見強（こわ）モテ。加えてガタイもいい）を目にしていたこともある。

しかし、編集者に促されて挨拶してみると、実に気さくで物腰も柔らかい、笑顔がキユートなお兄さんであった。

三歳年下の前年受賞者、しかも同ジャンルの作家と、敵認定してもおかしくない相手に対しても、終始笑顔で接する。同業者である澤田瞳子氏の言葉を借りれば、まさに「好漢」である。

ほっと胸を撫で下ろしたのも束の間、『蛇衆』を読んで度肝を抜かれた。

戦国時代の架空の傭兵集団・蛇衆を描くこの作品は、血沸き肉躍るド派手な王道エンターテインメントだった。

主人公をはじめとするキャラ立ちしまくった蛇衆の面々が、冒頭からラストまで、とんでもないボルテージを保ったまま突っ走っていく。その豪腕ぶりに、感嘆すると同時に嫉妬すら覚えたものだ。そして、この作家とは死ぬまで付き合うことになりそうだと予感し、それは今のところ当たっている。

その後も矢野氏は精力的に作品を発表し、『清正を破った男』『我が名は秀秋』といった本格戦国物から『源匣記　獲生伝』のようなファンタジー、さらには『NARUTO』のノベライズと、どんどん作風、ジャンルの幅を広げていった。ちなみにこの間、矢野氏本人も居合術と空手を習い、会う度に逞しさを増している。

そして、二〇二二年に刊行され、第十一回日本歴史時代作家協会賞の作品賞にも選ばれたのが、本作品の前作『琉球建国記』である。

時は十五世紀、ところは琉球。無頼漢の氷角は役人の加那（後の阿麻和利）と出会い仲間となり、悪政を布く城主を倒す。だが、彼らを恐れた琉球王・尚泰久は、加那たちを排除するために動き出す……。

あらすじだけでもワクワクするこちらの作品は、矢野隆らしさ全開、エンタメ度抜群の歴史小説だ。

物語を織り成す登場人物たちは、実に多彩で魅力と個性に溢れている。ひたむきな氷角と、清々しい男っぷりで彼を導く加那。大城や護佐丸ら、強力なライバルたち。中でも異彩を放つのが、尚泰久の側近として数々の陰謀を巡らせる最大の敵役・金丸である。

小柄で武の才には恵まれないが、明晰な頭脳を持ち、奸智で人をひれ伏させることを信条とする、まさに悪役の鑑のような人物だ。

本作『琉球建国記　尚円伝』では、その金丸が本書の主人公であるとわかり、冒頭から驚かされた。

若かりし頃の金丸が水泥棒の疑いをかけられ、襲ってきた村人たちから逃げる場面から、この物語は始まる。妻と弟とともに故郷の伊是名島を追われた金丸は、琉球本土へ逃れ、自らの生きる道を模索していく。

爽やかな青春群像劇の趣きもあった前作から一転、物語は冒頭から緊迫感に満ちている。村人たちへの復讐(ふくしゅう)という暗い欲望を原動力に、権謀術数で成り上がっていく様は、ノワール小説と言ってもいいだろう。

　こうしたタイプの小説で、読者に主人公へ感情移入させることは難しい。ただ頭が切れるだけの悪党がのし上がっていくという話では、ページを捲(めく)る手は止まってしまう。しかし、そこは矢野隆である。優れたキャラクター造形とストーリーテリングの妙で、読者をぐいぐい引っ張ってくれる。

　当初は生き残りと復讐だけを求め、他者を見下していた金丸だが、その地位が上昇するにつれ、やがては琉球という国家そのものを担うようになっていく。

　時代は、北山、中山、南山の三国に分かれていた沖縄本島を尚巴志が統一してわずか数十年。琉球王国はいまだ安定せず、その支配は盤石なものではない。

　法による統治は機能せず、民の罪は民が裁く。金丸が故郷を追われたのはそのせいであり、一介の下人に過ぎない金丸がのし上がることができたのもまた、そのおかげである。

　では、王として国を統べる者は、どうあるべきか。国と民との関係とはいかなるものか。

　その答えは、深い闇をまとい、陰謀と人の欲にまみれた金丸が行き着く先にある。

　下人から身を起こし、後に琉球史において大きな役割を果たすことになる金丸に寄り添ううち、読者はこの男の行く末を見届けずにはいられなくなるはずだ。

恥ずかしながら琉球史に疎い僕は、金丸がどんな生涯を送ったのか、琉球という国がどういった歴史を辿り築かれていったのか、ほとんど知識が無かった。

だが、存分に楽しめる。むしろ、知らない歴史を肌で感じ、目撃する喜びを味わうことができる。今でこそ同じ〝日本〟という国の枠の中にある沖縄だが、そこはやはり〝異国〟だったのだ。

この物語のラストから百三十年余り後、琉球王国は薩摩藩の侵攻を受け、さらに明治維新後の琉球処分をもって終焉を迎える。その後も苦難の歴史が続いていることは、誰もが知るところだろう。

今は日本の一部でありながら、かつては異国だった地。その歴史を知り、思いを馳せることは決して無意味なことではない。

さてさて、この物語を読み終えた上で気になるのは、これから先の矢野隆が何を書くのか、ということだ。

この『琉球建国記』シリーズが、これにていったん幕を閉じるのか、それともまた別の人物が描かれて続いていくのかはわからない。

ただ、このシリーズを経てさらに腕を上げた矢野氏が、今後さらなる高みへと上っていくのは間違いないだろう。

個人的には、居合、空手を習得した矢野氏が今度はどんな武術をマスターするのかも合わせて、注目していきたいところだ。

（あまの・すみき　作家）

本書は、集英社文庫のために書き下ろされた作品です。

本文デザイン／目﨑羽衣（テラエンジン）
絵地図／今井秀之

矢野　隆の本

琉球建国記

十五世紀、琉球王国。悪政を敷く領主を倒すべく立ち上がった、民衆の英雄・阿麻和利たちを描く。第十一回日本歴史時代作家協会賞作品賞受賞作。

集英社文庫

矢野　隆の本

蛇衆

室町末期。各地を転戦する傭兵集団「蛇衆」。頭目の朽縄が九州の地方領主・鷲尾家の家督争いに巻き込まれ⁉　第二十一回小説すばる新人賞受賞作。

矢野　隆の本

慶長風雲録

大坂の戦いから数年後の九州。好奇心旺盛な商人の蜘蛛助と、訳あり武士の兵庫は、〝不可思議〟を求めて「掟」に支配される危険な異空間に踏み込んだ！

集英社文庫

矢野　隆の本

斗棋（とうぎ）

幕末に近づくころ、筑前黒田藩の浅沼宿で対立する博徒、徳兵衛一家と彦左一家。あるきっかけで訪れた決着の方法は、命懸けで戦う喧嘩将棋だった！

矢野　隆の本

至誠の残滓

死んだはずの元新撰組・原田左之助と山崎烝が、明治の世にも生きていたら!?　斎藤一も登場！　エンタメ度120%の新撰組小説！

集英社文庫

集英社文庫　目録（日本文学）

柳田国男　遠野物語
柳田由紀子　宿無し弘文 スティーブ・ジョブズの禅僧
矢野隆　蛇衆
矢野隆　慶長風雲録
矢野隆　斗棋
矢野隆　琉球建国記
矢野隆　至誠の残滓
矢野隆　琉球建国記 尚円伝
山内マリコ　パリ行ったことないの
山内マリコ　あのこは貴族
山川方夫　夏の葬列
山川方夫　安南の王子
山口百恵　蒼い時
山﨑宇子　ラブ×ドック
山崎ナオコーラ　「ジューシー」ってなんですか?
山崎ナオコーラ　肉体のジェンダーを笑うな

山田詠美　メイク・ミー・シック
山田詠美　熱帯安楽椅子
山田詠美　色彩の息子
山田詠美　ラビット病
山田かまち　17歳のポケット
山田裕樹・編　智に働けば 石田三成像に迫る十の短編
山田吉彦　ONE PIECE勝利学
山中伸弥・畑中正一　iPS細胞ができた! ひろがる人類の夢
山前譲・編　文豪の探偵小説
山前譲・編　文豪のミステリー小説
山本一力　銭売り賽蔵
山本一力　戌亥の追風
山本兼一　雷神の筒
山本兼一　ジパング島発見記
山本兼一　命もいらず名もいらず(上) 幕末篇
山本兼一　命もいらず名もいらず(下) 明治篇

山本兼一　修羅走る 関ヶ原
山本巧次　乳頭温泉から消えた女
山本巧次　災厄の宿
山本文緒　あなたには帰る家がある
山本文緒　ぼくのパジャマでおやすみ
山本文緒　おひさまのブランケット
山本文緒　シュガーレス・ラヴ
山本文緒　まぶしくて見えない
山本文緒　落花流水
山本雅也　キッチハイク! 突撃! 世界の晩ごはん ～アンドレアは素手でパリージャを焼く編～
山本雅也　キッチハイク! 突撃! 世界の晩ごはん ～ソフィーはタジン鍋より圧力鍋が好き編～
山本幸久　笑う招き猫
山本幸久　はなうた日和
山本幸久　男は敵、女はもっと敵
山本幸久　美晴さんランナウェイ
山本幸久　床屋さんへちょっと

集英社文庫　目録（日本文学）

山本幸久　GO!GO!アリゲーターズ
山本幸久　大江戸あにまる
唯川恵　さよならをするために
唯川恵　彼女は恋を我慢できない
唯川恵　OL10年やりました
唯川恵　シフォンの風
唯川恵　キスよりもせつなく
唯川恵　ロンリー・コンプレックス
唯川恵　彼の隣りの席
唯川恵　ただそれだけの片想い
唯川恵　孤独で優しい夜
唯川恵　恋人はいつも不在
唯川恵　あなたへの日々
唯川恵　シングル・ブルー
唯川恵　愛しても届かない
唯川恵　イブの憂鬱

唯川恵　めまい
唯川恵　病む月
唯川恵　明日はじめる恋のために
唯川恵　海色の午後
唯川恵　肩ごしの恋人
唯川恵　ベター・ハーフ
唯川恵　今夜 誰のとなりで眠る
唯川恵　愛には少し足りない
唯川恵　彼女の嫌いな彼女
唯川恵　愛に似たもの
唯川恵　瑠璃でもなく、玻璃でもなく
唯川恵　今夜は心だけ抱いて
唯川恵　天に堕ちる
唯川恵　手のひらの砂漠
唯川恵　雨心中
唯川恵　みちづれの猫

唯川恵　一瞬でいい
湯川豊　須賀敦子を読む
行成薫　名も無き世界のエンドロール
行成薫　本日のメニューは。
行成薫　僕らだって扉くらい開けられる
行成薫　できたてごはんを君に。
行成薫　彩(いろ)無き世界のノスタルジア
行成薫　明日、世界がこのままだったら
雪舟えま　バージンパンケーキ国分寺
雪舟えま　緑と楯 ハイスクール・デイズ
柚月裕子　慈雨
夢枕獏　神々の山嶺(いただき)(上)(下)
夢枕獏　黒塚 KUROZUKA
夢枕獏　ものいふ髑髏(どくろ)
夢枕獏　秘伝「書く」技術
養老静江　ひとりでは生きられない ある女医の95年

集英社文庫

琉球建国記　尚円伝

2024年12月25日　第1刷　　定価はカバーに表示してあります。

著　者　矢野　隆
発行者　樋口尚也
発行所　株式会社　集英社
東京都千代田区一ツ橋2-5-10　〒101-8050
電話　【編集部】03-3230-6095
【読者係】03-3230-6080
【販売部】03-3230-6393（書店専用）
印　刷　TOPPANクロレ株式会社
製　本　TOPPANクロレ株式会社

フォーマットデザイン　アリヤマデザインストア　　マークデザイン　居山浩二

ISBN978-4-08-744726-2 C0193